fast eine Liebesgeschichte

beinahe

Eike M. (Michael) Falk, 1955 geboren, stammt aus der Pfalz, lebt in Hamburg. Studierte Theaterwissenschaft, später Altamerikanistik und Völkerkunde. Arbeitete u.a. bei der taz, meist aber als Selbständiger, zeitweilig in den abenteuerlichsten Jobs. Hat Spaß daran. Und am Leben. Und überhaupt.

Eike M. Falk

Pheline

fast eine Liebesgeschichte

Herstellung und Verlag:
BoD - Books on Demand, Norderstedt
ISBN 978-3-7347-7456-0

Je ne t´ai pas aimé, mon amour
Quand le ciel menaçant était loin

(Benjamin Biolay)

Ich hatte einen Sommer. Einen ganzen Sommer mit ihr.

Es war ein strahlender, ein lichtdurchfluteter Sommer. Ein kostbares Geschenk, das ich mir aufbewahren werde wie in einer Schatztruhe.

Diesen einen Sommer mit ihr.

1

Als ich sie zum ersten Mal sah – es war ein kalter nasser Tag im April.

Im vergangenen Jahr ist das gewesen.

Ende April war es. Mitte des Monats noch hatte Schnee gelegen. Nun war keiner mehr, dafür war es matschig und immer noch kalt.

Meine Arbeitsvermittlerin hatte mir das Stellenangebot zugeschoben. Das wäre doch was für sie, hat sie gesagt.

Meine Arbeitsvermittlerin ist sehr nett.

Bei der Agentur für Arbeit werde ich immer noch und immer wieder als Akademiker geführt. Egal, welchen

Job ich zuletzt hatte, ich lande bei den Akademikern. Das ist sehr praktisch. Ich bilde mir ein, dass man als Akademiker zuvorkommender behandelt wird als wenn man, was weiß ich, als Lagerhelfer aufläuft. Aber vielleicht bilde ich mir das nur ein. Vielleicht liegt es nur an meiner Arbeitsvermittlerin. Die ist wirklich sehr nett.

Darum war ich gerne mal für ein, zwei Monate arbeitslos zwischendurch. Ließ mich von ihr verwöhnen. Aber wie alles Schöne und Gute hatte auch das ein Ende, und nun war es mal wieder so weit.

Sie hatte mir das Stellenangebot zugeschoben. Servicekraft in einem Öko-Hotel, das eben neu eröffnet hatte. Auch was da sonst noch stand klang vielversprechend. Ja, ich würde da hingehen, selbstverständlich.

Das Hotel lag weit draußen. Nahe am Wald, nahe am Moor. Wie sich das gehörte. War auch sehr hübsch anzuschauen. Ganz in Holz gehalten. Nicht irgendwie billig, auf den Schein hin verschalt, sondern gediegen verarbeitet. Jedenfalls, soweit ich das beurteilen konnte.

Es sah fertig aus, nur außen herum, was die Begrünung anging, lag einiges im Argen. Um nicht zu sagen – alles. Denn da war nur Matsch. Und ein Bohlenweg, der zum Eingang führte.

Drinnen ging es geschäftig zu. Aber es waren alles Handwerker, niemand, der zum Hotel gehörte. Und niemand, der auf mich gewartet hätte. Ich fühlte mich beleidigt, übergangen.

An der unbesetzten Rezeption lehnte ein junger Typ, der einen Band Rilke in der Hand hielt. Er schien mir ein Student zu sein, Literaturwissenschaft, Germanistik, naheliegender weise.

Ich hatte ein Reclambändchen Novalis dabei, das zückte ich nun, und stellte mich dazu. Wir kamen ins Gespräch und natürlich war auch er wegen der Stelle da, ein Konkurrent. Aber das machte nichts, die Stelle war mein, das war vorherbestimmt.

Dann kam jemand, der uns den Weg wies. Wie eine Eingebung. Ein Stockwerk höher im Konferenzraum Soundso. Die anderen seien schon dort. Die anderen??? Noch mehr Konkurrenz also.

So Stücker zwanzig Leutchen um eine Tischgruppe.

Und sie. Ja, sie hat auch bereits da gesessen. Zwischen all den anderen: Sie.

Und sie ist mir sofort aufgefallen, gleich bei meinem Eintritt, noch bevor ich Platz nahm, das weiß ich genau. Es war ein großer Eindruck, den sie auf mich machte.

Es war mehr. Es war wie ein Blitz, der einen durchzuckt. Für einen Moment. Diesen einen Moment.

Sie war eines jener zierlichen, blonden Geschöpfe, die mich von jeher anrührten, berührten.

Ich setzte mich an den Tisch. Bald darauf kam eine Frau herein, die sich als unsere zukünftige Chefin erweisen sollte. Die machte nicht viel Federlesens, die wollte uns alle haben, alle, die wir da saßen.

Einige standen gleich wieder auf, das waren die, die es immer gibt, die meinten, dass ihr Arbeitslosengeld höher sei als das zu erwartende Gehalt, die waren vorher Generaldirektoren gewesen oder so etwas, aber ich blieb, sie blieb, auch der Typ mit dem Rilke unterm Arm ist geblieben.

Und dieser meldete sich bald, gab sich als Künstler zu erkennen (ach, schau!), um auf einen speziellen Vertrag zu dringen, damit er bei seiner Künstler-Versicherung bleiben konnte.

Unserer Chefin schien das nichts Neues zu sein, mir schon, aber ich machte mir nicht weiter große Gedanken darum. Staunte allerdings nicht schlecht, als sie sich seinem Ansinnen angeschlossen sehen wollte. Sie also auch? Was für Künstler mochten die beiden wohl sein, dachte ich. Aber was mich wirklich verblüffte, war die Art, wie sie sich artikulierte, diese Brüchigkeit, die Zaghaftigkeit ihrer Stimme. Das war etwas, das mich viel stärker gefangen nahm als der Blitz, der vielleicht eine Viertelsekunde gewährt hatte und längst in mein Unterbewusstsein abgetaucht war. Doch was ich nun erlebte, das sollte mein Bild von ihr für die folgenden Monate prägen.

Noch nie war mir eine so schöne Frau untergekommen, die zugleich so schüchtern und zerbrechlich, ja gehemmt und verstört wirkte wie sie. Das drückte sich nicht allein in der Stimme, sondern in ihrer ganzen Körpersprache aus. Das war es, was mich sofort für sie einnahm, oder, ja, gut – gefangen nahm. Wohl so eine Art von Beschützerinstinkt, der da erwachte.

Gleich an einem unserer ersten Arbeitstage war ich mit den beiden Künstlern zu einer gemeinsamen Mission unterwegs. Ich weiß nicht mehr genau worum es sich handelte, wahrscheinlich hatten wir einige Zimmer einzurichten, nichts aufregendes, es blieb genügend Zeit sich zu unterhalten.

Der mit dem Rilke unterm Arm entpuppte sich als Schauspieler, der, wie das eben so geht, zwischen einzelnen Engagements auch einmal andere Jobs anzunehmen hatte um Geld zu verdienen. So war er hier gelandet.

Wir unterhielten uns über dies und das und über die Kunst. Der Schauspieler war mir durchaus sympathisch. Doch was er mir vom Showbiz erzählte, welche Leute er bewunderte, wem er nachzueifern strebte, erregte in mir, sofern mir die Namen überhaupt etwas sagten, ein gewisses Grauen. So wie die wollte er werden? Hilfe! Nein! Das hatte mit Schauspielerei wie ich es verstand überhaupt nichts zu tun.

Sie, Pheline, ja, sie war ganz anders. Da, zum ersten Mal, erfuhr ich ihren Namen. Pheline, die Geliebte. Was für ein schöner Name. Und ich erfuhr, dass sie eine bildende Künstlerin war, eine Malerin, eine Zeichnerin. Ich konnte es mir noch gar nicht recht zusammenreimen. Passte das zu ihrer Art?

Und wie ich erwähnte, dass ich schrieb, erzählte sie mir, dass auch sie geschrieben hätte. Etwas aufgezeichnet hätte über ihre Arbeit in einem Heim für Demenzkranke. Und dann erzählte sie noch, wie viel ihr diese Arbeit bedeutet hatte und dass sie es gerne wieder tun würde. Und schon – oder wieder – überraschte sie mich. Wer mit solcher Wärme, solcher Anteilnahme von einem Beruf sprach, der einem in körperlicher wie seelischer Hinsicht alles abverlangte, der musste ein guter Mensch sein, einer, den kennenzulernen sich lohnte.

Das also war meine erste Begegnung mit ihr. Wahrscheinlich habe ich danach bereits im Internet nach ihr gesucht, ihre Seite entdeckt, ihre Bilder betrachtet und festgestellt, dass sie eine große Künstlerin war.

Viele Schichten habe ich nicht mit ihr zusammen gearbeitet, sie hat auch sehr bald aufgehört Vollzeit zu arbeiten, ist auf eine halbe Stelle umgestiegen, um sich mehr auf ihre Arbeit, ihre künstlerische Arbeit, konzentrieren zu können.

Wenn ich mit ihr zusammen arbeitete kam ich immer gut mit ihr aus, darum wunderte es mich sehr, dass sehr bald sehr viele Kolleginnen und Kollegen schlecht über sie sprachen oder bereits zerstritten mit ihr waren.

Ich war ratlos. Ich fragte mich, was da an ihr sein sollte, das andere Menschen abschreckt, ja so weit brachte, dass sie mit Abneigung, Abscheu, ja beinahe mit Hass ihr begegneten. Ich habe es nicht herausfinden können. Wann immer ich jemanden darauf ansprach kamen nur Unbestimmtheiten heraus. Und die Ablehnung. Und die war bestimmt und unumkehrbar. Und blieb hartnäckig erhalten.

Manchmal habe ich versucht dagegen anzugehen. Vergebens.

Nun, ich mochte sie. Eine feinfühlige, gewitzte, scharfsinnige junge Frau. Das ist fast ein Zitat. So wurde sie einmal in der Ankündigung auf eine

Ausstellung, an der sie teilnahm, vorgestellt. So war ich geneigt sie auch zu sehen.

Nun, vielleicht nicht ganz so. Noch nicht. Vorläufig blieb bei mir der Eindruck erhalten, den sie bereits am ersten Tag auf mich gemacht hatte. Der Eindruck einer Frau, die schön ist und zugleich unsicher wirkt. Diese merkwürdige Diskrepanz. Fast mystisch anmutend. Etwas, das nicht nur merkwürdig war, sondern sich einer Erklärung entzog.

Durch ein weiteres Ereignis wurde dieser Eindruck verstärkt und ergänzt um Charakteristika wie chaotisch, weltfremd und eine Spur von Lebensuntüchtigkeit.

Aus finanziellen Gründen war sie wohl gezwungen ihr bisheriges Atelier aufzugeben, zu räumen.

Wobei, bei näherer Betrachtung, der Begriff der Lebensuntüchtigkeit bereits zu streichen wäre. Immerhin war es ihr gelungen Umzugshelfer zu gewinnen, die die Sache für sie in die Hand nahmen. In erster Linie waren das der Freund einer Kollegin und ich.

Dieser Freund unserer Kollegin, der übrigens ein netter Kerl war, machte, als wir gemeinsam einige ihrer Ölgemälde die Treppe des Ateliergebäudes hinunter zum Umzugswagen trugen, die Bemerkung, dass sie wohl ihren Stil noch nicht gefunden habe.

Ich weiß nicht, was ihn zu dieser Bemerkung bewogen hatte. Es könnte Unkenntnis gewesen sein. Das war es bestimmt. Aber da war noch etwas. Ich vermeinte eine gewisse Geringschätzung in seinen Worten zu spüren. Ich denke, in erster Linie lag es daran, dass sie ihr Atelier aufgeben musste. Schlichtere Gemüter, und in dieser Hinsicht war er ganz sicher ein schlichtes Gemüt, setzen eine solche Tatsache mit Misserfolg gleich, in ihrem Falle Misserfolg in künstlerischer Hinsicht, und schlussfolgern daraus, dass es an Qualität mangele. An Qualität aber mangelte es ihr gewiss nicht und ihren Stil hatte sie sehr wohl gefunden.

So sagte ich ihm das, aber es fehlte die Zeit zu ausführlicher Erklärung, und so wird er wohl bei seiner Einschätzung geblieben sein.

Jeder Künstler findet irgendwann einmal zu seinem Stil. Manche schlafen darüber ein. Die begnügen sich und ruhen sich auf ihren Lorbeeren aus. Zu dieser Sorte gehörte sie mit Sicherheit nicht. Auch wenn sie bereits einen sehr eigenen Stil hatte, sie würde ihn weiter entwickeln, weiter nach neuen Formen suchen, ihre ganze Persönlichkeit weiterentwickeln. Das spürte ich. Darauf kam es an.

Sie gehörte zu den Künstlern der jüngeren Generation, die sich wieder der figurativen, gegenständlichen Malerei zuwandten.

Und dass sie das taten, rechnete ich ihnen hoch an.

Schwarze Quadrate und wilde Kringel auf die Leinwand zu bringen, kalte Neonröhren in Museen aufzuhängen, das alles war ja mal ganz nett, für eine gewisse Zeit, und diese Zeit war vorbei.

Die Rückkehr zum Gegenständlichen, zum Figurativen, bedeutete keinesfalls die Postulierung eines Neokonservatismus, im Gegenteil war sie, wie jede Gegenbewegung, revolutionär, oder wenn man das für zu hoch gegriffen halten mag, so war es doch in jedem Falle der Versuch sich neu auszuprobieren, neue Wege, neue Ausdrucksmöglichkeiten zu suchen. Und das war immer gut.

Wenn man vor dem schwarzen Quadrat steht, denkt man: okay, das musste mal sein. Das wars dann aber auch.

Steht man vor einem gut gemalten Portrait, einem, das womöglich gar ein Geheimnis in sich birgt, da hat man doch sehr viel mehr, womit man sich beschäftigen und die Phantasie beflügeln konnte.

Mir war es lieber so. Und Pheline malte großartige Portraits. Ganz in diesem Sinne. Mit Geheimnissen.

In besonderer Weise waren es ihre Selbstportraits, die mich beeindruckten, faszinierten, verstörten und zum Nachdenken brachten.

Da war eine komplizierte, komplexe Persönlichkeit zu entdecken. Vielschichtig, nacht – und dunkel-sichtig. Manchmal mit ironischem Unterton, versuchte ich mir zuzureden, wenn sie sich gar zu hässlich darstellte. Vielleicht auch mit dem Wunsch, dass da einer käme und ihr widersprach, ihr sagte, dass sie kein hässliches Entlein sei.

Und in der Art, wie sie malte, war ich geneigt, sie für einen reinkarnierten Egon Schiele in weiblicher Gestalt zu halten.

Ich wusste, ich würde mich noch sehr mit ihr zu beschäftigen haben.

Zunächst jedoch dominierte weiterhin das Chaos, das zu glätten war.

Sie hat es locker genommen. Das gefiel mir. Wer so damit umzugehen verstand, der war richtig. Auch das immerhin wusste ich nun.

Nachdem wir Staffelei, Malutensilien, Bilder und Mobiliar im Keller ihrer Wohnung verstaut hatten, verabschiedeten sich alle, nur sie und ich blieben übrig. Ich habe sie dann noch ins Atelier zurückgefahren. Unterwegs holten wir uns Eis, das aßen wir, gemeinsam auf dem Boden ihres Ateliers sitzend.

Während wir da saßen, machte sie eine Bemerkung, die sie in meiner Hochachtung weiter steigen ließ. Sie sagte, dass sie lieber eine Durststrecke in Kauf nehme als sich anzupassen und etwa marktgerechte Illustrationen zu liefern, nein, sie wolle nur malen und zeichnen was sie vor sich und ihrem Anspruch vertreten könne.

Bald darauf habe auch ich mich verabschiedet, damit sie sauber machen und die Übergabe vorbereiten konnte. Ich mochte sie.

Derweil sie sich mit noch mehr Kollegen überwarf, einschließlich der Kollegin samt ihrem Freund, der uns so fabelhaft beim Umzug geholfen hatte – und sie nicht verstand.

Sie verstanden sie wohl alle nicht. Es war mir ein Rätsel und ist es mir für lange Zeit geblieben.

Ich erinnere mich an eine Fete, auf der ich just diese Kollegin und ihren Freund traf und sie zu überreden suchte sich mit ihr zu versöhnen. Ich stieß auf eine komplette Ablehnung. Sie wollten nicht einmal darüber sprechen, warum sie sich mit ihr vereinigt hatten. Nichts. Die totale Verweigerung. Unversöhnlich. Es gab mir auch sonst niemand eine Erklärung dafür, warum er sich mit ihr zerstritten hatte oder sie nicht leiden mochte. Wie ich auch nachhakte, nachzuhaken suchte – da war nur eisiges Schweigen. Also gab ich auf. Ich mochte sie. Das genügte mir. Doch in der Folgezeit haben wir fast noch weniger Schichten miteinander gearbeitet als zuvor.

Dann hörte sie auf im Hotel. Nicht viel später auch ich. Wir hatten uns verabredet in Kontakt zu bleiben. Ganz vage.

Es wurde Herbst. Die kalte Jahreszeit verbrachte sie als Garderobiere in einem Theater. Gesehen haben wir uns vielleicht dreimal. Zweimal trafen wir uns in einem Café, einmal gingen wir in die Oper. Lucia di Lammermoor. Das war sehr schön.

Als dann der Sommer nahte verkaufte sie Erdbeeren in einem dieser kleinen roten Stände vor einem Supermarkt. Dieser Stand lag auf meinem Arbeitsweg, und so machte ich es mir bald zur Angewohnheit sie auf meinem Nachhauseweg auf einen kleinen Plausch zu besuchen und ihr ein Schälchen Erdbeeren abzukaufen. Wir gewöhnten uns mehr aneinander als zuvor.

Lange habe ich mich nicht aufgehalten bei diesen Besuchen, intensivere Gespräche zu führen war ausgeschlossen, denn sie hatte sich zwischenhin um ihre Kundschaft zu kümmern. Aber ich habe uns Eis geholt, wenn das Wetter schön war, oder ihr einen Kaffee, wenn es schlecht war, doch in diesem Sommer war das Wetter fast durchgehend schön hier bei uns im Norden.

Und so begann ´the summer of my misfortune´, um die Worte aus Richard dem Dritten abzuwandeln und auf den für mich geeigneten Nenner zu bringen.

Wir haben einmal einen kleinen Spaziergang unternommen, wir haben uns einmal in einem Café getroffen und gingen anschließend in eine Kneipe, wo wir das WM-Spiel gegen Ghana verfolgten und den allgemeinen Taumel bestaunen durften, das war ganz lustig soweit, aber das zählte nicht. Es waren im Grunde drei Ereignisse, die mein Schicksal besiegelten. Drei Stationen. Auf dem Weg.

2

Es war ein Montag, da las ich, als ich morgens am Berliner Tor auf die Bahn wartete, ein Plakat, das darüber Auskunft gab, dass in Stade am kommenden Wochenende ein historischer Jahrmarkt stattfinden sollte. In Stade gibt es einige hübsche kleine Museen. Eines davon lag auf einer Insel und war ein Freilichtmuseum, dort sollte der Jahrmarkt stattfinden. Der historische Jahrmarkt mit Karussell und Riesenrad von vor hundert Jahren. Und auch die sonstigen Attraktionen sollten aus dieser Zeit stammen oder ihr nachempfunden sein. Der Hau-den-Lukas durfte ebenso wenig fehlen wie die Wahrsagerin in ihrem Zelt und die umherstreifenden Gaukler.

Das klang vielversprechend und ich erzählte ihr davon, als ich sie auf dem Nachhauseweg besuchen ging.

Ich hatte mich während der Arbeit noch ausführlicher im Internet umgesehen und berichtete von einer Ausstellung, die derzeit im kleinen Kunstmuseum der Stadt zu sehen sei und mich interessierte, die könnten wir ja möglicherweise zusätzlich noch besuchen, auch Pheline interessierte das, ja, sie hätte große Lust, auf beides, den Jahrmarkt und die Ausstellung, und so entschieden wir, dass wir dorthin fahren wollten.

Den Sonntag hatten wir ausgemacht, und am späten Vormittag holte ich sie von ihrer Wohnung ab.

Wir hörten laute Musik während der Fahrt, die Kinks und die Stones, wir hatten gute Laune und die Sonne schien.

In Stade angekommen suchten wir uns einen Parkplatz im Zentrum des Städtchens und bummelten zur Museumsinsel hinunter. Pheline musste auf die Toilette, wir versuchten es in einem Restaurant, das hatte noch geschlossen, also gingen wir über die kleine Brücke zur Insel hinüber, schauten vorläufig nicht links noch rechts, hielten Ausschau nur nach dem gesuchten Ort, fanden ihn in einem kleinen Gasthof des Geländes, sie verschwandst darin, ich blieb außen zurück und wandte mich der Musik zu, die eben zu spielen begann.

Während der Fahrt hatte sie Jeans getragen, darüber ein leichtes Sommerkleidchen, ich hatte aber gar nicht so recht darauf geachtet. Als sie nun zurück kam war die Jeans verschwunden, in ihrer Tasche verstaut, sie trug nur noch das Sommerkleidchen und sie sah bezaubernd aus.

Natürlich sagte ich ihr das nicht. Ich sage es jetzt, und ich sage es ohne Hintergedanken. Und ich sah es damals ohne Hintergedanken. Da war noch nichts, damals, nein, hübsch konnte ich sie ja finden, hübsch war sie, hübsch sah sie aus in ihrem Sommerkleidchen und das war schön.

In den Tagen nach unserer Rückkehr habe ich eine kleine Chronik unseres Jahrmarktbesuches geschrieben, die wollte ich ihr schenken, einfach um ihr eine Freude zu bereiten. Es war ein kleines, in sich abgeschlossenes Thema und bot sich förmlich an verarbeitet, spielerisch umgesetzt zu werden. Es war alles sehr sanft und idyllisch.

Ich habe ihr dann eine reich bebilderte Version geschickt.

Auf die Illustrationen sei an dieser Stelle verzichtet, den Text aber möchte ich einfügen, er gehört einfach dazu.

Der Jahrmarkt

Intro I

Wie wir uns nähern
kommt uns ein kleines Mädchen entgegen
das hält
einen riesigen Berg Zuckerwatte
am Stengel
und ich denke, ach, wie schön!
und Pheline sagt: ach, das möchte ich
auch gerne haben.
Ich meinte (nicht ohne ein gewisses Bedauern)
dass man sich solcher Genüsse
irgendwann entwöhnen sollte.
Pheline setzte dem ein kategorisches: Trotzdem!
entgegen.
Vor dieser großen Philosophie blieb mir nur
Kapitulation.
Aber Pheline sagte: noch nicht.

Intro II

Auf den ersten Blick
ist ein Jahrmarkt sehr bunt
auf den zweiten wird er noch viel bunter
also rein ins Gewühle.

Warum lachen die, warum
jauchzen die so?
Du wirst es erfahren, wenn du erst einmal
Teil der Gemeinschaft geworden bist.
Also lass dich treiben
in den Strudel hinein
lass einfach los …

Die Sonnenbrille

Die Blaskapelle schmettert los
und während Pheline auf die Toilette geht
um ihre Sonnenbrille zu verlieren
schlendere ich dorthin
wo die Musik spielt
um mich von einer älteren Dame
zum Tanzen auffordern zu lassen.
Sie tanzte natürlich viel besser als ich
aber ich machte es durch jugendlichen
Schwung wett … äh …
Phelines Sonnenbrille blieb verloren
wir suchten hier und da auf der
Brücke und jenseits des Wassers
keine Spur, der Schwan trug sie nicht
auf dem Höcker, und Pheline behauptete
tapfer, dass sie ohnehin nicht besonders
schick gewesen sei.
Frauen brauchen solche Erklärungen.

Das Karussell

Sie alle tragen Mut in ihren Minen
und sie heißen Lilli und Lu
und Hertha und Friederike
Ivo ist der Name des
prächtigen Rappen
den wir sehr bewundern
das weiß er.
Einen bösen roten Löwen gab es nicht
vor dem
hätten wir uns aber auch zu arg fürchten müssen
so war es gut, dass er fehlte.
Der weiße Elefant aber war da
tapfer zog er einen Wagen
in dem zwei Schwestern saßen
beide im himmelblauen Kleid
die eine war sehr rothaarig
der sah man die Hexe jetzt schon an
oh, wenn ich doch nur noch einmal
neun sein könnte
um ihre Zöpfe zu ziehen.
Pheline bewunderte derweil die Papageien
Sie zierten das Innere des kleinen Runds, ein
Kaleidoskop, das wir mal um mal passierten
Doch auch ein treuer deutscher Auerhahn
Saß unter dem bunten welschen Federvieh.
Und wir erfuhren, sie alle
seien handbemalt
wie auch Ivo und die Seinen

hölzerne Rösser
stolze Abkömmlinge jenes einen
das einst einen großen Krieg entschied
das war unter einer anderen Sonne.
Pheline und ich lehnten in einer Kutsche
von schillernden Pfauen geführt
ein Prinz und eine Prinzessin
wie verwunschen
nur – wer wollte es sagen –
waren wir es
oder sind sie es gewesen?

Entenangeln

Entenangeln
erfordert ein Äußerstes an Präzision.
Die Enten schwimmen auf dem See.
Oder – halt, nein – eigentlich ist es ein Rondell
und in der Mitte steht eine Pumpanlage
die macht einen Strudel wie im Whirlpool
und die Enten pesen los
und du musst sie versuchen
mit einer Stange da herauszufischen
und du konzentrierst dich sehr
denn es winken verführerische Preise
du siehst rosa Ponys und
leuchtend bunte Spielzeugautos
und du konzentrierst dich sehr

und die Enten pesen
und du weißt, jetzt gilt es
jetzt heißt es sich zu beweisen
und du schielst zu Pheline hinüber
ihr Lächeln wirkt entspannt, doch
auch sie weiß, was die Stunde geschlagen hat
und wir schaffen es
wir werden zu den Helden des Tages
Ente um Ente fischen wir aus dem wirbelnden Pool
und die Betreiberin des kleinen Unternehmens
ist so begeistert von unserer Darbietung
dass sie sich mit uns fotografieren lässt
und dann ist es so weit
es kommt zur Preisvergabe
und wider Erwarten verschmäht Pheline das rosa Pony
sie entscheidet sich für ein Fernglas mit
eingebautem Kompass `Made in China´
doch auch einen Radiergummi
könnte sie gut gebrauchen
den lasse ich mir dann aushändigen
und reiche ihn gleich weiter
ein schöner großer Radiergummi.
Auf seiner Umhüllung ist der Eiffelturm
abgebildet und ein lächelndes Mädchengesicht
und in geschwungenen Buchstaben steht:
J´adore Paris!
Oui.

Zwischendurch

Zwischendurch gab es Currywürste
mit Sprite
und einer Portion Pommes
und die Majo kostete fünfzig Cent extra
das empfanden wir als bodenlose
Frechheit
und selbst Freund Lichtenberg
musste darüber das weise Haupt schütteln
wie uns schien
der lehnte da an einem Bücherstapel
warum eigentlich?
Er hatte hier mal in den Himmel gestarrt
erklärte die daneben stehende Tafel
hocherfolgreich
das Hannoversche wurde durch ihn
zu einem wohl vermessenen Land
auch war er bekannt durch seine
oberklugen Sprüche:
`Das Maß des Wunderbaren sind wir.´
In diesem Sinne
sagten wir unserm Rasenplatz ade
und auf
und waren
kaum wieder drinnen im Getümmel
da hörten wir es pfeifen, trillern, tirilieren
oh schau! – ein Vogelstimmenmann
der seine Gaumenflöte spielte.
Freundlich gab er uns Auskunft

zwischen tschackern und tschilpen
ein alter Fahrensmann ganz ohne Zweifel
im Norden sei er der Letzte, der
dieses schöne Instrument verkaufte
von Doktor Felix Schlimper einst erfunden.
Leben, erzählte er uns
könne man nicht davon
aber für einen Rentner sei es allemal
viel schöner so als
auf der Parkbank sitzend
Zipperlein zu zählen.
Recht hatte er und wie sich das versteht
erwarben wir ein Exemplar.
Pheline probierte es gleich aus.
Nach drei Minuten zwitscherte sie
wie eine Nachtigall.
Was Fips, den unsichtbaren Hund
wohl irritierte.
Der zog so an der Leine …

Das Riesenrad

Es ist soweit
du trittst heran und denkst
oh, ist das hoch und
oh, ist das schnell
und du fürchtest, dass es
zu hoch und zu schnell

für dich sei
aber du willst es doch -
wagen.
Ähnliches vermutest du in Phelinens Blick
zu spüren, das Riesenrad
es ist ein Wunderding
die Gondeln weiß
mit rotbespanntem Dach
Luftschiffe, luftige Gebilde
schwankend schon ohne Wind
mutiger Aeronauten harrend
uns, uns erwartend
die wir
noch immer zögernd
nähertreten.
Das Schild verkündet unumwunden
das Baujahr: neunzehnhundertzwo
die Gondeln schwanken sehr
ob sie uns wohl
bis ganz nach oben
in die Wolken
heben mögen
dreizehn und einen halben Meter hoch
das ist schon mal
ein gutes Stück zum Mond.
Und dann die Schwerkraft!
Mein Blick ruht freundlich
auf Phelines zarter Gestalt
und wandert skeptischer zu meinem Wanst
ach wo, ach was! das bischen Schokolade

das fällt nicht weiter ins Gewicht
und auch die kleine Hexe nicht
samt ihrer Schwester
die warten schon auf uns
dort auf dem Bahnsteig
wohin die nette Frau im Kartenhäuschen
uns gewiesen
was die sich traun tun, trauen wir uns auch
bald sind die Gondeln wohlbesetzt
es knirscht das Räderwerk
das Zahngetriebe malmt
ich will schon denken, merke aber dann
das ist ein recht beruhigendes Gefühl
wie es sich abrackert und schnarrt
und uns auf Touren bringt, mein Gott
ja – es ist schnell
und wird noch immer schneller
schön, schön – ach, ist das schön
sich aufwärts über alle Welt hin
zu erheben
und abwärts wieder, rundherum
zu schwingen, schweben, gleiten
schön, schön – ach, ist das schön …
doch dann, dann, dann
dann bleibt es stehn
und wir natürlich ganz hoch droben
als hätten wirs bestellt
und haben wir das nicht?
doch – ja
so wollten wir es haben

und habens uns verdient
weil wir es wagten.

Dosenwerfen

Dosenwerfen
ist eine noch höhere Kunst
als Entenangeln.
Jahrmarktstechnisch gesehen
vermittelt es einem die höheren Weihen.
Hinter dem Tresen steht ein hübscher Junge
begrüßt uns lächelnd, schiebt sich
die Schiebermütze in die Stirn
er kommt aus Polen, spricht und
versteht nur wenig Deutsch
aber das macht ja nichts, wir verstehen uns
auch ohne viele Worte
sich ordentlich blamieren
darauf kommts jetzt an
wer sich nicht ordentlich blamieren kann
der ist hier rettungslos verloren
und bleibt ganz ohne Spaß.
Der Junge
schelmisch weist er uns die Stelle
nach der wir zielen sollen
da – hält er den Ball uns hin – nach da
ja, lieber Freund, du hast gut lachen
das Zielen ist die eine Sache

treffen muss man können.
Treffen taten wir dann auch
recht häufig die rückwärtige Wand
der kleinen Bude
nicht eine Dose haben wir berührt
die waren aber doch auch zu verbeult
und dauerten uns sehr
die armen Dinger ...
Preise hat es dennoch gegeben
für elegante Wurfhaltung
und die Freude, die wir
den Umstehenden bescherten.
Unsere Ausbeute: eine entzückend
schrille künstliche Blume, nun doch
das rosa Pony und einen weiteren
Radiergummi.

Übersättigung

Nein, es hat keine Zuckerwatte mehr
gegeben
aller Philosophie zum Trotz
und dann
doch wieder philosophisch
es sei der Genüsse genug
man müsse darauf achten, dass
keine Übersättigung einträte
andererseits

ein Eis
käme dir jetzt
ganz gut zustatten
ja, doch
ein Eis
und zwar, und unbedingt
drei Kugeln.

Die Gedanken, die sich im Kopf einer Frau
abspielen sind von allerhöchster
Komplexität und von einem simplen
männlichen Wesen nicht zu begreifen.

Nun war auf der Insel nicht nur der Jahrmarkt zu besichtigen, da gab es noch eine alte Bockswindmühle und ein schönes großes Bauernhaus mit reichem Interieur.

Auf der Bockswindmühle sind wir herumgeklettert, dann schlenderten wir zum Bauernhaus hinüber.

In dem Bauernhaus aber waren zwei Weberinnen, die an ihren Gerätschaften hantierten und den Besuchern, so sie denn danach fragten, bereitwillig Einblick in ihr geheimnisvolles Tun gewährten. Wir zeigten uns interessiert und unterhielten uns eine Weile mit ihnen.

Und als wir uns dann zum Gehen wandten, kam Pheline wohl die Idee. In einer lichtdurchfluteten

Ecke der großen Stube an der Vorderfront des Hauses, die fast vollständig mit Butzenscheiben verglast war, stand eine altertümliche Spindel, ein Stuhl daneben. Dort sitzend wollte sie sich von mir fotografieren lassen.

Wider Erwarten sind die Aufnahmen ausnehmend gut gelungen.

Ich bin nie der große Fotograf gewesen. Ich hatte es immer vorgezogen meine Eindrücke schriftlich festzuhalten. Wenn ich alleine unterwegs war, kam es ohnehin nicht in Betracht, und ansonsten erfüllte ich das Fotografieren als Pflichtprogramm.

Auch diesmal wäre ich nicht auf die Idee gekommen, obwohl man ja heutzutage sein Handy immer dabei hat.

Doch Pheline wollte. Dort an der Spindel.

Und sie hat sich gekonnt in Szene gesetzt, und absichtlich so.

Sie posierte, sie präsentierte sich, sie spielte die Märchenprinzessin, die Schöne, die Verspielte, die Versonnene, voller Erwartung. Sie war einfach bezaubernd. Und nie mehr war sie so ganz sie selbst als eben da.

Und für wen? Ja, für wen anders als für mich. Es war ja sonnenklar. Das heißt: jetzt ist es sonnenklar.

Damals sah ich es nicht. Ich musste erblindet sein vor ihrem Glanz.

Wir saßen noch ein Weilchen auf den hölzernen Bänken des Ausflugslokals der kleinen Insel und tranken einen Kaffee.

Doch dann wurde es Zeit aufzubrechen. Es war spät geworden, für die Ausstellung im Kunstmuseum würde keine Zeit mehr bleiben, Pheline hatte noch eine Verabredung zu ihrem sonntäglichen Tangokurs einzuhalten, wir mussten uns auf den Rückweg machen.

Wie wir auf dem Weg zur Brücke noch einmal das Karussell umrundeten, einen letzten Blick auf die hölzernen Pferdchen zu werfen, da machte ich den Vorschlag, uns eine abschließende Fahrt zu gönnen. Sie lehnte ab. Nein, sagte sie, das würde eine Übersättigung bedeuten und sollte dringend vermieden werden. Das traf mich wie ein Keulenschlag. Ich fühlte mich ertappt wie ein dummer Junge.

Warum eigentlich? Wie kam das bloß? Objektiv betrachtet hätte eine weitere Fahrt mit dem Karussell durchaus keine Übersättigung dargestellt. Es wäre einfach nur ein passender Abschied gewesen. Im Übrigen gehörte ich selbst normalerweise zu denjenigen, die andere vor einem Zuviel, zu viel an Überschwang und, ja, meinetwegen auch Übersättigung, zu bewahren, zu warnen pflegten. Warum zum Teufel also fühlte ich mich jetzt ertappt. Wobei? Aber das Gefühl war da. Ohne Zweifel. Es war mir rätselhaft. Und wenn ich eben so leichthin von einem Keulenschlag gesprochen hatte, so falsch kommt mir dieser Vergleich auch bei näherer Betrachtung nicht vor. Ich war wie betäubt, versuchte mich aber aufrecht zu halten, denn wir wollten noch ein Eis essen gehen.

Eine prima Eisdiele fanden wir, versorgten uns mit dem nötigen, und schleckten unsere drei Kugeln Eis auf dem Weg zum Auto hin.

Auf der Rückfahrt hörten wir sehr laut die Rolling Stones, freuten uns an der Musik, wippten dazu, das Auto wippte mit, wir waren ganz versunken im Rhythmus, und so haben wir wahrscheinlich eine ganze Weile nicht mitbekommen, dass der rechte Hinterreifen einen Platten hatte. Erst als wir in Harburg vor einer Ampel standen, hat uns ein nebenstehender Fahrer darauf aufmerksam gemacht. Ich fuhr uns in die nächste Parkbucht, und wie Pheline Anstalten machte mit mir gemeinsam auf den Pannendienst zu warten, bat ich sie doch zur nächsten Bushaltestelle zu gehen um ihre Verabredung nicht zu verpassen, aller Erfahrung nach würde das dauern bis jemand vorbeikäme, erst recht an einem Sonntagnachmittag. Nach einigem Zögern hat sie dann eingewilligt und ging davon.

Der ADAC-Fahrer hat fast eine Stunde auf sich warten lassen. Und ich stand da mit meinem Keulenschlag. Der machte sich nämlich sofort wieder bemerkbar, kaum dass sie weg war. Und die ganze Sache blieb genauso rätselhaft wie sie es weiterhin war und auch jetzt noch ist, da ich mir diese Ereignisse in Erinnerung rufe. Nur dass es jetzt die Rätselhaftigkeit ist, die bestimmend wirkt, den Keulenschlag spüre ich nicht mehr. Und frage mich, ob ich damals bereits … nein, gewiss nicht. Und denke. Aber. Vielleicht. Und wenn es doch so wäre? Eine Ankündigung, wer weiß. Ein Bote. Der anklopfte und sagte: Hör zu. Oder: Hör auf. Aber ich hörte nicht zu und ich hörte nicht auf. Oder was? Nein, das alles ist zu undeutlich und unbestimmt. Da war nichts. Und es war doch etwas. Es hatte mich etwas berührt, angetastet, verwundbar gemacht. Verwundbar gemacht … ja, das vor allem. Das könnte es gewesen sein.

3

Zwei Wochen später. Ich hatte zufällig erfahren, dass am Samstag des dritten Juliwochenendes im Literarischen Colloquium am Wannsee eine

Veranstaltung stattfinden sollte, bei der sich eine Vielzahl kleinerer Verlage mit ihrem Programm vorstellen würden, darunter einer, der für Phelines zeichnerische Arbeit von Interesse war, das wusste ich, ich wusste auch, dass sie mit diesem Verlag bereits in Kontakt stand, soweit, dass eine Publikation von ihr so gut wie sicher in Aussicht stand.

Bei einem meiner obligaten Besuche am Erdbeerstand unterbreitete ich ihr also kurzerhand den Vorschlag nach Berlin zu fahren, sie könnte die Gelegenheit nutzen mit dem Verlagsleiter ein Gespräch zu suchen und es würde sicherlich auch in anderer Hinsicht interessant sein, ein lohnender Besuch allemal.

Dieser Ansicht war sie auch. Und so war das abgemacht. Wir würden nach Berlin fahren, bei Freunden von mir, die im Grunewald wohnten, übernachten, und am Sonntag noch einige ihrer Kolleginnen und Kollegen besuchen, die in einem Atelierhaus an der Prenzlauer Promenade ihre Arbeitsräume hatten.

Als wir losfuhren war es wie immer – sonnig und warm. Am Horner Kreisel gleich nahmen wir einen reisenden Gesellen auf. Der wollte nach Neuruppin. Dort würde das Abschiedsfest für einen seiner Zunftbrüder gefeiert, der die Zeit seiner Wanderschaft beendet hatte, in die geordnete bürgerliche Welt zurückkehren würde, ein schwerer

Weg nach Jahren der Gewöhnung ans unstete Wanderleben, doch seine Brüder würden mit ihm sein, gemeinsam würden sie feiern und sie würden ihm zur Seite stehen, ihn begleiten auf seinem Weg zurück, nach Hause. Es war ein interessantes Gespräch, das wir mit ihm führten, aber so ganz gehört es ja nicht hierher, daher wenden wir uns dem gewohnten Berliner Stau zu, den es selbstredend gab, und der unsere Ankunft verzögerte, der Nachmittag war schon weit fortgeschritten als wir endlich anlangten, aber es ging noch so einigermaßen.

In Berlin war das Wetter noch schöner und es war noch wärmer als in Hamburg. Wir schlenderten von Buchstand zu Buchstand. Ich kaufte ein. Wenn ich etwas nicht widerstehen kann, dann sind es Bücher. Pheline traf ihren Verleger. Er hatte Zeit für sie, sie setzten sich zusammen und hatten ein langes, ausführliches Gespräch.

Zu unserer großen Freude sollte am Abend noch ein Konzert stattfinden, das war in der Vorankündigung, die ich gelesen hatte, gar nicht erwähnt gewesen, hatte sich offenbar erst kurzfristig ergeben.

Der Garten der großen Villa, in der das Colloquium seine Residenz gefunden hatte, senkte sich in einem recht steilen Bogen zum Wannsee hin ab. Das wirkte wie ein Amphitheater, und richtig fand sich unten, knapp vor dem Ufer, ein ummauertes Rund, das früher einmal als Aufführungsraum gedient haben mochte und wo sich nun die Bühne erhob.

Und es wurde ein großartiges Konzert mit großartigen deutschsprachigen Künstlern. Pheline kannte sie fast alle, ich kannte sie allesamt noch nicht, mochte sie aber auf Anhieb gut leiden. Es war großartig.

Das Konzert dauerte bis gegen Mitternacht. Wir tranken noch einen Schluck, dann machten wir uns auf den Weg zurück entlang der engen, kurvenreichen Sträßchen des Grunewaldes.

Wir unternahmen einige gescheiterte Versuche einen geeigneten Badeplatz zu finden, bis wir den Grunewaldturm erreichten. Ja, baden wollten wir gehen, bei Nacht, Pheline, hatte das am Nachmittag so verkündet, was mich sehr überraschte.

Eine spontane Entscheidung, angesichts des vor ihr liegenden Wannsees etwa, war das nicht. Das war von langer Hand geplant, diesen Entschluss hatte sie vorher, wahrscheinlich sogar in Hamburg noch, getroffen, denn wie sich dann herausstellen sollte trug sie einen Bikini unter ihrem Kleid. Ich habe mich damals nicht gefragt, warum sie es mir so spät erst erzählte, ob das mit Absicht geschehen sei, oder ob sie irgendwelche Hintergedanken hegte, nichts dergleichen kam mir in den Sinn. Ich würde eben nackt ins Wasser steigen, na und …

Es ist müßig darüber zu spekulieren ob sie etwas plante, eine Verführungsszene gar, aber was für ein ausgemachter Blödsinn – sie wollte schwimmen gehen, ganz einfach. Oder?

Also, wir suchten und suchten und fanden nicht. Am Grunewaldturm schließlich wollten wir es wissen. Wir parkten den Wagen und tasteten uns durch den finsteren Wald. Buchstäblich.

Pheline hatte mich mit ihrem Badevorschlag einmal mehr überrascht. Ich hätte ihr das nie zugetraut. Dafür hätte ich sie für zu bürgerlich, vorsichtig, ja – prüde vielleicht nicht gerade, aber schon so etwas in der Richtung, gehalten.

Aber wie gesagt, es war ja kein spontaner Entschluss. Es war einfach so. Wie in Stade. Wie mit ihrem Wunsch fotografiert zu werden. Und was wollte sie nun? Ich war immer noch und blieb erblindet.

Wir tasteten uns durch den Wald. Verschlungene Pfade. Stolperten über Baumwurzeln. Mal erhaschten wir einen Blick auf die vor uns liegende Havel, mal schien sie wieder unerreichbar. Schließlich aber fanden wir doch eine Badebucht mit sandigem Strand, sogar ein kleines hölzernes Bänkchen stand nahe des Ufers. Dort ließen wir uns nieder, zogen uns aus.

Ich war als erster im Wasser. Eine angenehme Temperatur. Erfrischend. Ich stapfte voran, schwamm hinaus. Allzu weit reichte mein Vertrauen in Pheline immer noch nicht. Ich dachte, dass sie furchtsam sei, furchtsam sein müsste. Das war es, was mir durch den Kopf ging. Und um sie nicht dumm dastehen, nun ja, herumplantschen zu lassen, schwamm ich wieder ein Stück zurück und warnte vor der Strömung, die nicht zu unterschätzen sei. Da kam sie bereits hinter mir her und schwamm munter an mir vorbei. Weit hinaus. Nicht zu weit, aber deutlich weiter als ich ihr zugetraut hätte. So albern habe ich mich selten gefühlt.

Und dann rief sie mir zu, ich solle doch zu dir herausschwimmen. Doch ich blieb wo ich war und beharrte auf meiner Aussage, obwohl von einer nennenswerten Strömung nichts zu spüren war, auch nicht ansatzweise die Rede sein konnte. Keine Ahnung, was mich da geritten hatte. Wollte ich partout den Narren spielen? Beinahe kommt es mir so vor.

Was hielt mich zurück? Befürchtete ich, dass, wenn ich einmal draußen bei ihr sei, ich versuchen würde sie zu küssen? Im Wasser? Das kann es doch wohl nicht sein. Was hielt mich ab? Keine Ahnung. Vielleicht gab es da irgendeine Stelle in meinem Kopf, die wusste bereits Bescheid, und die sagte mir: Hey, das ist die Frau, in die du dich einmal verlieben wirst, du darfst dich jetzt schon mal benehmen wie ein kompletter Vollidiot.

Ja. Genau das. Genau das wird es gewesen sein. Und zum zweiten Mal stand ich so da. Wie ein Vollidiot. Ein dummer kleiner Junge.

Ich verharrte und unternahm nichts, nichts. Ich war es, der plantschte. Ich war es, der furchtsam schien. Der komplette Narr.

Wie wir wieder aus dem Wasser waren trockneten wir uns ab, sie hatte natürlich auch an ein Badetuch gedacht, das durfte ich nun mitbenutzen.

Wir saßen dann noch etwas auf der Bank und plauderten. Pheline erzählte mir von dem Gespräch mit ihrem Verleger und dass sie wohl etwas verliebt in ihn sei, schon bei einem ersten Treffen vor einigen Monaten diesen Eindruck gewonnen hätte. Der sich nun, heute, bestätigt sah und sie befangen machte, sie hätte nichts Vernünftiges herausgebracht, hätte sich verheddert und verhaspelt und, das Schlimmste noch, sie hätte wahrgenommen, dass er ihre Gefühle durchschaute, behutsam gegensteuernd von seiner Familie, von Frau und Kindern sprach, was sie nur noch mehr durcheinanderbrachte, kurz, sie wäre sich vorgekommen wie eine komplette Närrin.

Da waren wir schon zwei. Und indem ich sie zu trösten suchte, lenkte ich mich von meinen eigenen Narrheiten ab, aber die lösten sich dadurch nicht auf. Die blieben. Die nagten an mir. Vielleicht nicht gerade in dieser Nacht, wir machten uns dann auch wieder auf den Weg, tasteten uns zurück, durch den

Wald, doch sie blieben erhalten, im Hintergrund. Dort bilden sie mir bis heute ein Rätsel. Mittlerweile kann ich sogar darüber schmunzeln. Wenn ich darüber lachen kann, ist es gut. So weit bin ich noch nicht, es kann aber nicht mehr lange dauern.

Die Nacht schlief ich gut, trotz dessen, es waren mehr die Mücken, die mich plagten, mir zu schaffen machten.

Am nächsten Tag fuhren wir dann zu Phelines Freunden an der Prenzlauer Promenade. Sie trug ein entzückendes Plisseekleidchen und sah entzückend aus in ihrem entzückenden Plisseekleidchen.

Wir brachten Eis mit und führten ein anregendes Gespräch. Im Atelier ihrer Freundin, in dem wir beisammen saßen, blies ein großer Ventilator. Wie sie einmal daran vorüber ging bauschte sich ihr Plisseekleidchen zum Entzücken. Wie seinerzeit bei Marilyn Monroe. Bemerkte einer ihrer Kollegen. Und ich war ihm dankbar dafür, denn auch mir war dieser Vergleich sofort in den Sinn gekommen. Nur, dass ich ihn natürlich nie hätte aussprechen dürfen. Wie er das sagte, ich glaube, da hat sie sogar einen kleinen Knicks gemacht. Entzückend.

Auf dem Rückweg fuhr Pheline den größten Teil der Strecke. Sie würde gerne fahren, hat sie gesagt, und, na also, warum denn nicht. Und schon wieder hatte ich mich innerlich vor ihr zu verneigen. Ich war erstaunt, wie rasch sie mit dem ihr fremden Fahrzeug vertraut war Da gab es nicht einen Ruckler. Das gelingt den wenigsten. Aber Pheline ist immer für Überraschungen gut. Und Pheline ist nicht zu unterschätzen. Davor sollte man sich in jedem Fall hüten. Erst recht, wenn man mit ihr in Streit gerät. Und wir stritten uns vortrefflich. Wir stritten und stritten und stritten. Beinahe die ganze Fahrt über.

Es ging um die Thesen von Götz Aly. Und obwohl uns nur Nuancen voneinander trennten, beharrte sie auf jeder klitzekleinen Kleinigkeit. Hat darauf gedrungen, dass ich ihre Anschauungen gefälligst zu übernehmen hätte. Das ging natürlich nicht an. Da habe ich sie erlebt in der ganzen Glorie ihrer Streitkultur. Keinen Millimeter ist sie gewichen. Ich hörte ihre Stimme geradezu mit den Füßen stampfen. Zornig. Aufbrausend. Kein Zurück. Kein Einlenken. Beharrlich. Kämpferisch. Mir gefiel das. Also habe ich dagegen gehalten. Was sie zur Weißglut brachte. Ich hatte meine helle Freude daran. Was konnte man sich mit ihr doch herrlich streiten. Herrlich. Herrlich.

Und ich verstand. Jedenfalls damals kam es mir so vor, dass ich nun verstehen würde, wie sie sich mit so vielen Leuten hatte zerstreiten können. Die wenigsten Menschen lieben eine solch heftig geführte Auseinandersetzung. Und sie war in ihrer Wut zu allem imstande. Ich begriff und zweifelte nicht daran, dass sie im Eifer des Gefechtes so weit gehen würde andere Menschen zu verletzen, tief zu verletzen.

Und es war noch lange nicht vorbei. Kaum dass wir damit durch waren ging es um mich. Als ich so nebenbei die Bemerkung machte, dass ich zu meinem Vergnügen schriebe und dass es mir egal sei ob eventuelle Leser mich verstehen würden oder nicht, war sie gleich wieder auf hundertachtzig und entschieden entgegengesetzter Ansicht, beharrte darauf, verlangte, dass ich Rücksicht auf eventuelle Leser zu nehmen, dass ich sie mitzunehmen habe, so drückte sie sich aus. Und sie hat erwartet, dass ich mich dem anzuschließen habe. Und zwar sofort. Und ohne Wenn und Aber. Ich zeigte mich stur.

Und wir stritten … und stritten …

Ich erklärte ihr, dass ich durchaus nichts dagegen hätte vom Schreiben leben zu können. Doch in der vagen Hoffnung darauf meinen Schreibstil oder meine Themen zu ändern, käme nicht in Frage.

Es drängt mich nicht ins Rampenlicht und ein Neidhammel bin ich schon gleich gar nicht.

Ich trage mich nicht mit Animositäten gegenüber den Schriftstellerinnen und Schriftstellern, die im Mainstream des Feuilleton schwimmen. Da gibt es sicherlich einige, die es bewusst darauf anlegen, doch bei den allermeisten wird es einfach so sein, dass sie da hingehören, und dann ist es auch in Ordnung so.

Ich habe nichts gegen Autoren, die Thriller, Krimis, Fantasy-Romane schreiben. Jeder mag schreiben was und wie er will. Aber dieses Recht nehme ich auch für mich in Anspruch.

Ich fühle mich weder als echtes noch als verkanntes Genie. Es gefällt mir zu schreiben, das ist alles, ist das so schwer zu begreifen?

Aber sie ging dagegen an. Und wir stritten …

Dabei hätte sie mich eigentlich verstehen sollen, denn auch sie hatte schließlich davon gesprochen keine Kompromisse eingehen zu wollen. Auch sie konnte von ihrer Kunst alleine nicht leben, musste nebenher arbeiten gehen.

Auch sie war keine Künstlerin der ersten Garnitur. Doch was will das schon heißen. Das ist kein Qualitätskriterium, und wo man sich letztlich einreihen wird, das hängt in der bildenden Kunst wie beim Schreiben einfach von Zufällen ab. Es braucht manchmal nur die richtigen Kontakte.

Pheline ist noch jung, für sie wird sich vielleicht noch einmal die Gelegenheit ergeben. Ich habe einfach keine Lust Klinken putzen zu gehen.

Und wir stritten, und stritten, und stritten …

Fast bis ganz nach Hamburg hin. Es war fabelhaft. Es war ein ganz, ganz großes, ein außergewöhnliches Vergnügen!

Nun haben wir die dritte Station erreicht. Die Entscheidung naht. Es ist das erste Wochenende im August. Sonntag.

Wir hatten verabredet, uns am späten Nachmittag in Phelines neuem Atelier in Wilhelmsburg zu treffen.

Vor etwas über einer Woche erst war sie dort eingezogen. Eben zu der Zeit stand mir ein großer Wagen zur Verfügung, so dass wir beide den Umzug im Alleingang und in einem Rutsch haben bewerkstelligen können. Wenn man bedenkt, wie wir uns vor etwas über einem Jahr noch abgezappelt hatten, war das eine wahrhaft heroische Leistung.

Ich saß bereits in der Bahn, da erreichte mich eine Nachricht Phelines, dass sie nicht im Atelier, sondern des schönen Wetters wegen zum Zeichnen in die Fischbeker Heide gefahren sei. Tja, hätte ich das früher gewusst, wäre ich mit dem Auto gefahren. Nun musste ich sehen wie ich da hinkam, schlimmer, wie wir uns finden wollten. Na, würde schon irgendwie.

Die Ortsangaben, die sie mir während der Fahrt noch durchgab, waren eher kryptischer Natur. Immerhin konnte ich mit einem Straßennamen etwas anfangen, als ich auf Google Maps danach suchte. Ich würde nach Neugraben fahren und dann einen Bus nehmen, der in die Schwarzen Berge hinauffuhr.

Heide gab es zu beiden Seiten der Straße. In der Annahme, dass auch sie so gewählt hatte, entschied ich mich dafür sie in dem Teil zu suchen, von dem ich wusste, dass er der weitläufigere und schönere sei.

Nachdem ich gelaufen und gelaufen war und keine Pheline weit und breit, dachte ich, dass es wohl mal an der Zeit sei bei ihr nachzufragen. Sie war natürlich auf der anderen Seite. Ich ging wieder zur Straße zurück, die Straße runter, ihr entgegen. Wir fanden uns. Es war noch hell genug, sie wollte noch ein Stück spazieren gehen, nun auf der schöneren Seite, da sind wir dann wieder die Straße hoch und in die Heide. Die wurde ausgiebig bewundert.

Dann entdeckten wir die Heidelbeeren. Die Heidelbeeren waren schon reif und schmeckten herb und nicht zu süß, wie es sich für Wildheidelbeeren gehört. Pheline waren sie entschieden nicht süß genug. Nein, mit denen sei es noch nichts, verkündete sie. Wir begannen schon ein wenig miteinander zu grummeln. Da stießen wir auf die Brombeeren. Von den Brombeeren zeigte sie sich regelrecht begeistert. Köstlich mundeten sie, so ihr Urteil. Was für ein Quatsch. Die waren eindeutig noch nicht reif. Überall hingen noch die grünen Dinger rum. Und diejenigen, die bereits etwas Farbe hatten, waren knochenhart und ohne jeglichen Geschmack. Ich spuckte mein Exemplar gleich wieder aus. Unerträglich.

Wir haben uns natürlich ausgiebig gestritten. Nun, nicht ganz so. In jüngeren Jahren, als ich so richtig stur und unnachgiebig war, so, wie sie es heute noch ist, da hätten wir uns gnadenlos zerzofft. Da, in den Brombeeren. Wären wutschnaufend auseinandergegangen. Da wäre uns einiges erspart geblieben. Aber ich bin nachsichtiger geworden mit den Jahren und habe hier und da eingelenkt oder mich zurückgehalten. Sehr viel mehr als ich es während der Autofahrt getan hatte. Ich war friedlicher Stimmung an diesem Sonntagabend. Lustig war es trotzdem. Diese Brombeeren waren absolut unmöglich.

Schließlich sind wir zur Bushaltestelle zurückgegangen. Der letzte Bus war gerade weg, der nächste würde eine Weile auf sich warten lassen. So nahmen wir auf der hölzernen Absperrung Platz, die den Heidepfad vor unbefugtem Verkehr schützen sollte. Und Pheline erzählte mir von ihrer Familie, ein Thema, das wir bereits nach unserem Streit in den Brombeeren aufgegriffen hatten. Sie erzählte mir von den Schwierigkeiten, die sie mit ihrer Familie hatte.

Ihr Vater war früh verstorben und die Mutter hatte sich um das Geschäft kümmern müssen. Da ist es nur verständlich, dass die Kinder, Pheline hatte noch zwei ältere Schwestern, darunter leiden mussten, weniger Zuspruch und Fürsorge bekamen als ihnen nötig war. Doch Pheline sprach gar von Gefühlskälte, davon, dass ihre Mutter keinerlei Anteilnahme zeigte, keinerlei Interesse für die Bedürfnisse ihrer Kinder.

Mag sein, dass sie sensibler war als ihre Schwestern und empfindlicher reagierte. Mag sein, dass weitere Umstände eine Rolle spielten. Denn wie sie mir weiterhin erzählte, schien das Verhältnis ihrer Mutter zu den Schwestern ein durchaus entspanntes zu sein.

Doch die waren verheiratet, hatten Kinder. Denn, welche Erfolge sie als Künstlerin auch aufzuweisen haben mochte, sagte Pheline, das zählte nicht, das galt in ihrer Familie als Nichts, verheiratet zu sein, Kinder zu haben, darauf kam es an.

Und dann unterbreitete sie mir sogar den Vorschlag mit ihr gemeinsam auf eine Familienfeier zu fahren, die bevorstand, die sie ansonsten, alleine, nicht besuchen würde, sich nicht zu besuchen traute – die Hochzeit einer ihrer Nichten. Sie würde mich als ihren Freund vorstellen, sie würde ihrer Familie Normalität präsentieren können.

Doch im nächsten Moment schon erschrak sie vor sich selbst, versuchte hastig ungeschehen zu machen und zu verbergen, was doch ausgesprochen war.

Dann kam der Bus, wir fuhren nach Neugraben, fuhren nach Wilhelmsburg in Phelines Atelier.

Wir haben die Reste eines ihrer köstlichen Salate aufgegessen, grünen Tee getrunken, und gesprochen haben wir miteinander. Stundenlang. Wie noch nie. Wir haben uns gut unterhalten, wir haben uns wohl nie besser unterhalten als an diesem Abend.

Sie hat mir auch ihre letzten Arbeiten gezeigt, die für eine bevorstehende Ausstellung bestimmt waren, und ich fand sie großartig und wusste, dass sie auf einem guten Weg war, einem sehr guten Weg.

Aber natürlich – und wie könnte es anders sein – habe ich mich auch an diesem Abend unmöglich gemacht.

Ich sprach über erste Lieben, weil ich gerade daran schrieb, fragte sie nach ihren Erfahrungen, sie wich aus, es behagte ihr nicht.

Ich hatte ein altes Liebesgedicht, quasi als Widmung, auf die erste Seite des Notizbuches geschrieben, das ich ihr zum Abschied schenkte. Eine Geste, mehr nicht. Wir würden uns eine lange Zeit, vier Wochen lang, nicht sehen, ich würde nach Frankreich fahren, sie nach Wien, erst am letzten Wochenende im August, am Samstag, genauer gesagt, würden wir, das hatten wir bereits ausgemacht, uns wieder sehen, gemeinsam eine Fete besuchen.

Es war unnötig und blöd. Ich hätte es besser bleiben lassen sollen, aber, nun ja, da war der kleine Teufel, und der hat mich unbedingt reiten müssen.

Und es machte keinen guten Eindruck, oh nein, sie hat es mir zuletzt noch verübelt und als Zweideutigkeit ausgelegt, kurz – ich agierte einmal mehr als einzige Panne. Eine ganze Pannenserie.

Und dann war es an der Zeit zurückzufahren. Bis zum Hauptbahnhof würden wir noch zusammen bleiben.

Mit der 13 fuhren wir zur Veddel. Der Bus war voll, ein Konzert im Wilhelmsburger Park war eben zu Ende gegangen, wir konnten froh sein überhaupt noch einen Platz gefunden zu haben, wir mussten stehen.

Und da, als wir da im Bus standen, da muss es geschehen sein. Als wir in der 13 standen, da bereits habe ich sie angestarrt wie, wie ein Alien, nein, es lässt sich gar nicht beschreiben, ich war wie weggetreten.

Wie wir im Bus standen, also, habe ich gestarrt, und wie wir ausstiegen habe ich Blödsinn geredet. Auf dem Weg zum Bahnsteig hoch habe ich ihr von dem Spiegel-Artikel erzählt, der von den Abiturientinnen und Abiturienten des Gymnasiums Oberalster erzählte, die im Hotel Atlantic ihren Abschluss feiern wollten. Und habe ihr erzählt von den Hochglanzfotos der Mädchen und Jungs, alle hochgestylt, mit Abendgarderobe um die 400 €. Und meine Leute auf Facebook hatten sich fürchterlich darüber aufgeregt, einer hatte das eingestellt, um auf die moralische Verkommenheit der heutigen Jugend hinzuweisen, und alle hatten mit eingestimmt, aber ich konnte und wollte das nicht nachvollziehen, habe ich ihr erzählt, ich dachte, man könne doch gerne einen schönen Abiball haben, ohne dadurch seine moralische Integrität zu verlieren, das eine habe nicht notwendigerweise etwas mit dem anderen zu tun, warum sollten sie denn nicht feiern dürfen … aber da hat Pheline mir in wenigen kurzen Sätzen den Kopf gerade gerückt, hat mir von denjenigen Eltern erzählt, die es sicher auch geben würde, und die diese 400 € und was sonst noch alles an Eintritt usw. anfallen würde nicht, oder nur mit Mühen würden aufbringen können. Sie hat mir klar gemacht, dass die Schüler mit der Wahl dieses Ortes durchaus ein Zeichen setzten, dass es durchaus ein Ausdruck unreflektierten Schickeria-Elitedenkens sei, präzise hat sie es mir dargelegt, und ich stand da, beschämt, ein Narr, wie betäubt von so viel Klugheit, ein verliebter Narr noch dazu, ein beschämter verliebter Narr, etwas Schlimmeres konnte es nicht geben.

Aber stimmt das auch, war ich da bereits verliebt? Wahrscheinlich schon. Nur gewusst habe ich es noch nicht. Nein, gewiss nicht.

Am Hauptbahnhof trennten wir uns, freundschaftlich. Ich stieg aus, ich stieg um.

Wie ich in der Bahn saß, schrieb Pheline mir noch eine SMS, wünschte mir, dass ich die von ihr gebrannten CD´s, französische Chansons, die sie mir zum Abschied geschenkt hatte, auch während meiner Fahrten im Auto würde hören können, bedankte sich noch mal für das Notizbuch, ich schickte eine kurze Nachricht zurück, dass ich mich über die schöne Aufmachung der CD´s freute, wünschte eine gute Nacht.

Das war alles.

Und dann kam ich zu Hause an, ging zum Rauchen auf den Balkon. Und da wusste ich es. Da erst ist es mir bewusst geworden. Mit aller Macht.

Das war an jenem ersten Sonntag im August. Um 23.57 Uhr ist das gewesen.

5

In jener Nacht träumte ich.

Eine weite, gottverlassene Landschaft. Sand, Steine, Geröll. Wüstenvegetation.

Es sind Menschen unterwegs. Sie tragen Kutten, wie Mönche. Sie gehen einzeln, zu zweit, in kleinen Gruppen. Ich weiß nicht, sind es Pilger, sind es Morgenlandfahrer?

Dann ändert sich das Bild. Die Landschaft bleibt.

Mit den Menschen ist etwas geschehen. Ich sehe einen, der von einer Pflanze festgehalten, von ihr umschlungen wird, sie droht ihn zu ersticken.

Ein anderer hängt in den Dornen einer Stachelpflanze wie wenn er ans Kreuz genagelt wäre.

Dann ein großes, tiefes Loch, eine Grube, von den Menschen der Landschaft zugefügt.

Darinnen machten sich viele Menschen zu schaffen, alle einzeln, vereinzelt. Sie schürften nach Gold, Silber, Edelsteinen. Schwitzend. Verbissen.

Dann ein neues Bild. Wir sehen immer noch die Grube. Doch an deren Rand ein staubiger Pfad, der sich um den Berg herum windet. Hat man die andere Seite erreicht, eröffnet sich eine grandiose Gebirgslandschaft, Höhenzüge, die sich zu Bergen türmen, diese zu schneebedeckten Gipfeln, die sich in Wolken verlieren.

Auf dieses Panorama zu, sehen wir den Pfad sich hinziehen. Und auf dem Pfad zwei Pilger wandeln. Die beiden letzten. Die letzten beiden. Die übrig geblieben sind.

Dieser Traum, ein Wunschtraum war es. Ich sah uns darin, in diesen beiden Pilgern. Sie und mich. Wir, die wir alle Anfechtungen hinter uns gelassen, ihnen widerstanden haben. Und unseren einsamen, gemeinsamen Weg weiterverfolgten. Den Weg zur vollkommenen Liebe. Was denn sonst.

Die erste Woche verbrachte ich noch in Hamburg. Ich musste arbeiten und versuchte mir das Rauchen abzugewöhnen.

Wie ich auf diese Schnapsidee gekommen war, weiß ich nicht. Wahrscheinlich hatte ich noch keine Ahnung, was es mit der Liebe auf sich haben würde. Ich war seit fünfunddreißig Jahren nicht mehr verliebt gewesen. Das entschuldigt vielleicht einiges.

Ich kämpfte mit der Liebe und dem Nikotinentzug. Es war die Hölle.

Auch Pheline war noch in Hamburg. Ich hätte zu ihr fahren sollen, mich ihr zu Füßen werfen, mich ihr erklären müssen. Wie pathetisch auch immer, es wäre das einzig Sinnvolle gewesen. Sie hätte mich abgewiesen, wir hätten darüber gesprochen und alles wäre gut gewesen. Es wäre die einzig vernünftige Lösung gewesen. Es hätte eine Entscheidung herbeigeführt. Ich verpasste sie.

Und es geschah, dass ich sie zu verklären begann. Die einsam leidende Künstlerin, die meiner Hilfe bedurfte. Aber bitte – warum in drei Teufels Namen fuhr ich dann nicht zu ihr hin und bot sie ihr an. Oder warf mich ihr zu Füßen.

Sie hätte mir schon gehörig den Kopf gewaschen.

Stattdessen erging ich mich in Selbstmitleid und Liebesschmerz. Es war einfach eine Schande.

Die übrigen drei Wochen wurden in Nuancen besser. Das Selbstmitleid verschwand, der Schmerz blieb, blieb mein ständiger Begleiter. Mein Beifahrer. Unruhig, voller Unrast fuhr ich durch die Pfalz, das Saarland, Lothringen, Burgund. Ich hörte die Musik von Benjamin Biolay, Vincent Delerm, Francoiz Breut, was meine Lage nicht verbesserte.

Wie ist das? Dieses Gefühl. Verliebt zu sein. Wie wenn du ständig auf dem Sprung bist, diese innere Unruhe, wie wenn es jetzt geschehen müsste, jetzt gleich, im nächsten Moment. Was denn? Ja, was wohl. Die Erfüllung der Liebe. Aber sie erfüllt sich nicht. Und alles beginnt von neuem. Als wenn du eine Uhr aufziehen würdest. Diese Uhr bist du.
Was war das Problem? Das Problem war, ich hatte noch niemals hoffnungslos geliebt, denn dass es sich um eine hoffnungslose Liebe handelte, war mir von Anfang an bewusst, und ich hatte noch niemals über einen so langen Zeitraum geliebt, ohne dass eine Entscheidung gefallen wäre. Dieser Zustand hat mich buchstäblich in den Wahnsinn getrieben. In eine Art von sinnlosem, sinnverwirrenden Liebestaumel.

Bisher war es immer ein entweder - oder gewesen. Das Mädchen wurde geküsst, und sie ließ es zu oder nicht. Ließ sie es zu, war alles wunderbar, hatte sie sich nicht küssen lassen, nun, das war schade, aber damit war die Sache auch erledigt gewesen. Das Gefühl danach war in beiden Fällen ein anderes gewesen als das, in dem ich mich nun befand. Diese

Ungewissheit, die fortdauernde Liebe, der Liebesschmerz, dies alles war mir gänzlich neu. Damit bin ich nicht fertig geworden. Ich bin kläglich daran gescheitert.

Ich sehe sie. Ich sehe sie überall. Sie ist allgegenwärtig. Sobald ich die Augen öffne ist sie da. Und ich spüre sie. Ich spüre sie in mir und um mich her. Und wenn ich nur eine Bewegung mache, eine kleine Bewegung des kleinen Fingers, schon berühre ich sie – und zucke zusammen, schrecke auf und falle in mich zurück. Wahrhaftig, so ist es. Ich ziehe die Schultern ein und versuche so klein wie möglich zu werden. Aber es hilft nichts, selbst wenn ich mich Unsichtbar machen könnte. Ich getraue mich kaum noch zu atmen und erst recht nicht zu denken, denn jeder Gedanke wird zu ihr, und davor fürchte ich mich, weil es niemals endet. Es hört nicht auf. Und wenn ich die Augen schließe ist sie da.

Ich machte mir keine Hoffnungen und liebte hoffnungslos – weiter. Pheline war siebzehn Jahre jünger als ich. Ich erwartete nichts und hatte nichts zu erwarten. Aber das stört die Liebe nicht. Wenn die Liebe dich einmal gefunden hat, kann sie sehr anhänglich sein. Dann ist sie wie ein kleiner, bunter Kolibri, der dich umschwirrt wie einen Napf voller Honig.

So sind sie mir geblieben: die Liebe und der kleine bunte Vogel.

Der sich verwandelte. Der ein Monster wurde. Der auf meiner Brust saß und an meinem Herzen nagte.

Diese Qual musste ein Ende haben. Nun, da wir uns wiedersehen würden, musste etwas geschehen.

Nein, es konnte nicht die Rede davon sein Pheline einen Kuss aufzunötigen. Diese Variante hatte ich von vorne herein ausgeschlossen. Es wäre einfach zu albern und für sie unzumutbar gewesen. Aber erklären wollte ich mich ihr. Mit ihr darüber reden. Ich wünschte, dass sie mir helfen könnte. Reden wollte ich mit ihr, reden …

Auf ihre Klugheit setzte ich, ihren Rat wollte ich einholen. Darauf hoffte ich …

6

Eine Aussprache, wie ich sie mir wünschte, verlangte nach einem geeigneten Ort und einem geeigneten Zeitpunkt.

Ich hatte gehofft, dass wir uns an diesem Samstag, dem Tag, an dem ich sie nach vier qualvollen Wochen wiedersehen konnte, früh am Nachmittag würden treffen, dass wir zusammen spazieren gehen könnten, vielleicht ein Stückchen die Elbe entlang, wir würden uns ans Ufer setzen, und dann …

Pheline war bereits eine Woche vor mir nach Hamburg zurückgekehrt, ich kam erst am Mittwoch vor unserem beabsichtigten Fetenbesuch zurück.

Am Donnerstag schickte sie mir eine SMS. Sie schrieb mir, dass sie so viel zu tun habe, dass sie keinen ganzen Tag opfern könne, sie müsse Samstag bis zum späten Nachmittag malen, sie würde auch am Sonntag arbeiten müssen.

Das verstand ich, schweren Herzens, aber ich verstand. Ich wusste, dass sie mit einem Illustrationsauftrag beschäftigt war, der termingerecht abzuliefern war, zudem ihre Ausstellung vorzubereiten hatte. Und nebenher arbeiten gehen musste sie ja auch. Ich war enttäuscht, aber ich verstand und akzeptierte.

Ich würde sie also erst nach 18 Uhr abholen können. Da würde uns nur wenig Zeit bleiben, zu wenig Zeit mich zu erklären, und mit der Tür ins Haus fallen wollte und konnte ich nicht. Wir würden über die für ihre Ausstellung bestimmten Arbeiten sprechen, ich würde sie zu begutachten haben. Wir würden auch nicht mehr als ein paar Worte über die Bücher verlieren können, die ich ihr mitgebracht hatte, einige französische Comics und Graphic Novels, und dann würden wir auch schon aufbrechen müssen.

Ich war allerdings immer noch guter Hoffnung, denn dort, auf der Fete, im Laufe des Abends, wenn sich die Reihen lichteten, würde sich sicherlich die alles entscheidende Gelegenheit ergeben, wir würden uns an einen Tisch setzen können, fern ab von den anderen, ich würde mit ihr sprechen, wir würden uns aussprechen können …

Doch dann erklärte sie, dass sie bereits kurz nach elf wieder nach Hause fahren wollte, weil sie ja doch auch am kommenden Tag wieder zu arbeiten habe …

So zerstob auch diese Hoffnung in nichts. Als sie es dann noch ablehnte, dass ich sie zur Bushaltestelle begleite, fast schon panisch, hat sie da bereits etwas geahnt, gewusst? Sie hätte nichts zu befürchten gehabt. Nur eine einfache Erklärung. Aber es war zu spät. Zu spät. Verweht.

Diese Nacht noch verlief sehr harmonisch für mich. Wir haben bis zwei Uhr getanzt, dann haben die, die noch übrig geblieben, beisammen gesessen, geplaudert, Bionade getrunken. Ja, wenn sie nur dabei gewesen wäre. Doch so …

Am Sonntag schrieb ich ihr eine SMS, erzählte, wie es weitergegangen sei auf der Fete, ob sie gut heim gefunden habe, alles ganz lieb.

Sie schrieb mir zurück, auch ganz lieb, erwähnte aber erneut, wie sehr sie sich auf die Arbeit zu konzentrieren habe und dass wir uns vorläufig nicht würden sehen können.

Am Montag unternahm ich einen weiteren Versuch. Fragte sie ob sie nicht vielleicht mit mir ins Kino gehen wolle.

Nein, antwortete sie, zu wenig Zeit.

Und dann kam es!

Sie sei am Sonntag bereits im Kino gewesen – mit ihrer Verabredung – ganz spontan, weil es regnete, und sie und ihre Verabredung beide Lust dazu hatten, etwas verrückt, aber sie hätte sich auch einmal etwas Entspannung gönnen wollen. Monsieur Claude und seine Töchter. Ein sehr lustiger Film! Aber nochmal könne sie sich das zeitmäßig echt nicht erlauben.

Da hatte ich es!

Das wars!

Sie hatte mich durchschaut. Natürlich hatte sie mich durchschaut. Eine Frau spürt das, wenn ein Mann sie liebt.

Und es spielte überhaupt keine Rolle, ob sie tatsächlich mit einer ´Verabredung´ im Kino war oder dies nur vorgeschoben hatte.

Sie hatte einen Pfeil abgeschossen. Und der traf. Und der saß.

Und ich reagierte – beleidigt, verletzt, wie ein verwundetes Reh.

Ob sie sich nicht vorstellen könne, wie sehr mich das gekränkt habe. Und ob sie mir das mit der Verabredung nicht Samstagabend bereits hätte mitteilen können anstatt es mir nun in solch unschöner Weise unterzujubeln.

Oh, und sie – hatte mich am Haken.

Und antwortete mir in einer ausführlichen E-Mail.

Dass es ihr Leid täte, wenn ich verletzt sei, und dass sie es nicht hätte erwähnen sollen, dass sie Sonntag im Kino gewesen sei, dass sie selbst ein schlechtes Gewissen gehabt habe dabei.

Und – ich HATTE dir übrigens erzählt, dass ich am nächsten Tag eine Verabredung hatte.

(NEIN – das hatte sie nicht. Wenn mir etwas in Erinnerung geblieben wäre, dann DAS.)

Und erging sich im Weiteren über die Vielzahl ihrer Termine, die ihr keine Zeit mehr für mich übrig ließen.

Meine Güte, schrieb sie zum Schluss, das ist doch eher ein Missverständnis …

Über das ich sehr zu grübeln hatte.

Dann kam der Dienstag, und der brachte das ultimative Chaos.

Pheline hatte einst eine Künstlergruppe gegründet, hatte es dann aber binnen zweier Jahre geschafft sich mit allen anderen zu überwerfen und war im Zorn geschieden.

Sie hatte mir schon einige Male davon erzählt, immer mit großer Erbitterung, es war etwas, das an ihr nagte.

Nun hatte es kürzlich eine Retrospektiv-Ausstellung gegeben, an der Pheline weder mit eigenen Arbeiten beteiligt war, noch in irgendeiner Weise erwähnt wurde, nicht einmal, was man ja zum Wenigsten hätte erwarten dürfen, in ihrer Eigenschaft als Gründerin der Gruppe. Das war natürlich eine Gemeinheit und hatte Pheline zu Recht auf die Palme gebracht.

Um einen endgültigen Strich unter diese leidige Angelegenheit zu ziehen, hatte Pheline sich auf den Weg gemacht, um einige ihrer Arbeiten aus der Frühzeit der Gruppe, die noch im Atelier einer ehemaligen Mitstreiterin lagerten, abzuholen.

Nun war Pheline natürlich auch mit dieser Kollegin, wenn auch nicht allzu sehr, verfeindet, doch immerhin genug, dass dieser Gang ihre Nerven aufs äußerste strapazierte.

Offenbar in Hast, von Nervosität und Erbitterung getrieben, hatte sie zusammengerafft, was ihre Kollegin ihr bereitgestellt hatte, und war zur

Bushaltestelle zurückgekehrt, nur um dort festzustellen, dass noch einiges fehlte, Bilder, die ihre Kollegin an einem anderen Ort deponiert hatte, ohne es ihr mitzuteilen, möglicherweise hatte Pheline es auch überhört, wie auch immer, wutentbrannt stürzte sie zurück, um auch diese Sachen noch mitzunehmen.

Irgendwo in diesem Durcheinander muss Pheline ihre Jacke, die sie des schönen Wetters halber ausgezogen und über den Arm gehängt hatte, verloren haben, bepackt wie sie war, irgendwo unterwegs, auf dem Weg vom Atelier zur Bushaltestelle oder von der Bushaltestelle zum Atelier zurück, sie geriet in vollständige Konfusion, sie eilte hin und her, die Jacke musste sie wiederfinden, denn in der Jacke waren alle ihre Schlüssel.

In dieser Stimmung rief sie mich an, verzweifelt, mit sich überschlagender Stimme gab sie mir Auskunft, versuchte sich mir mitzuteilen, ich wusste, was die Stunde geschlagen hatte, ich kannte sie nur allzu gut, ich setzte mich ins Auto und fuhr los, irgendwo nach Ottensen hin.

Unterwegs noch, teils telefonisch, teils per SMS, erhielt ich diese kryptischen Ortsangaben, die ich mittlerweile von ihr gewohnt war, dass sie in einer Dönerbude in der Ruhrstraße sitze, nein, nun sei sie bei der Aral-Tankstelle, vor dem Bauhaus, dann wieder im Atelier zurück …

Dort fand ich sie dann auch, überraschend schnell, im Innenhof des Ateliergebäudes, wo sie mit ihrer Kollegin zusammenstand. Sie war aufgeregt, sie zitterte am ganzen Körper.

Sie hatte auf mich gewartet, wollte mit mir gemeinsam noch einmal die Strecke abgehen, sie selbst war zu aufgewühlt um es in geregelter Weise hinzubekommen, das immerhin schien ihr bewusst zu sein, darum allein hatte sie mich angerufen.

Und so machten wir uns auf den Weg. Und die ganze Zeit redete sie, redete und zitterte vor Erregung, brachte den Weg nicht mehr zusammen und verhaspelte sich in erbitterter Anklage gegenüber den Mitgliedern ihrer ehemaligen Gruppe.

Ich kannte mich in der Gegend nicht aus und versuchte im wirren Netz ihrer Mitteilungen herauszufiltern, was nun die Strecke sei, die wir abzugehen hatten. Einmal machte sie einen Schlenker, der mir sinnwidrig erschien, ich fragte sie, ob dies der Weg zur Bushaltestelle sei – nein, war es nicht, und mit Mühen brachte ich sie auf die richtige Fährte zurück, wo sie, nach wenigen Schritten bereits, ihre Jacke über einem Straßenpoller hängend entdeckte, und ich freute mich, dass Pheline es war, die sie zuerst gesehen hatte, das würde ihr doch ein wenig Selbstsicherheit zurückgeben und ihre Nerven beruhigen.

Aber so ganz wurde es nichts damit. Selbst auf der Rückfahrt, als ich sie und ihre Bilder nach Hause brachte, bebte sie noch am ganzen Körper.

Immerhin hatte sie sich so weit in der Gewalt, dass sie mir erneut und mit Bestimmtheit mitteilen konnte, dass wir uns nun für ganz lange Zeit nicht würden sehen können, und ich solle sie bitte auch nicht nach oben in ihre Wohnung begleiten, sie müsse gleich weiterarbeiten.

Ich fügte mich.

Und als ich dann vor ihrem Haus stand und sie aussteigen ließ, da sah ich ihn noch, durch das Seitenfenster meines Wagens sah ich diesen letzten Blick, den sie mir zuwarf. Diesen letzten, forschenden Blick. Sie, mit ihrem Stapel Bildern unterm Arm.

Ich fuhr los.

Ich war verzweifelt.

Zuhause angekommen versank ich in einen Dämmerzustand. Ich dachte nach. Ich musste ihr meine Liebe gestehen. Schriftlich. Anders ging es nun nicht mehr. Und – ich konnte nicht anders. Ich musste es tun. Es musste aus mir heraus.

Und ich tat es, ganz altmodisch, in einem Brief.

Und es geschah – nichts. Keine Antwort.

Ich wartete eine Weile ab, dann pochte ich vorsichtig bei ihr an. Ob wir uns nicht treffen könnten …

Sie antwortete schnippisch, gereizt. Zu viel zu tun. Keine Zeit …

Sie hatte erreicht, was sie wollte. Ich hatte mich in sie verliebt. Ich hatte es ihr gestanden. Nun durfte ich zappeln.

Ich versuchte es noch einmal. Zwei Stunden nur, zwei Stunden wird man sich trotz aller Arbeit nehmen können. Wir hätten uns getroffen. Wir hätten gesprochen. Und je nachdem wie das Gespräch verlaufen wäre, wären wir in zivilisierter Weise auseinandergegangen oder hätten in alte freundschaftliche Bahnen zurückgefunden. Wenn einem daran gelegen wäre.

Es war ihr nicht daran gelegen.

Ich gab auf.

Und ich begann über sie nachzudenken. Etwas anderes blieb mir nicht. Ich liebte ja – hoffnungslos – weiter.

Und fragte mich, was für ein Mensch das sei, den ich da liebte.

Obwohl sie sich in unserem Gespräch über die Abiturienten so progressiv gezeigt hatte, obwohl sie vehement auf ihre Autonomie als Künstlerin pochte, war da eine bürgerliche, ja fast schon konservative Grundhaltung in ihr zu spüren.

Sie hatte ein Faible für Leute, die etwas vorstellten, berühmt waren, oder eine angesehene Position einnahmen.

Symptomatisch erschien mir, wie ich mich nun erinnerte, eine Begebenheit, von der sie sprach, als wir uns im Frühsommer in einem Café trafen. Da erzählte sie mir, dass sie auf der Herfahrt in der Bahn einer Frau gegenüber gesessen habe, die einen großen Eindruck auf sie gemacht habe. Diese Frau sei etwa ihren Alters gewesen, doch habe sie besser ausgesehen als sie, sie sei auch besser gekleidet gewesen. Diese Frau habe in ihrer ganzen Art einen selbstsicheren Eindruck vermittelt, diese Frau, so sagte Pheline, habe es geschafft. Wortwörtlich sagte sie es so: Diese Frau hat es geschafft. Im Gegensatz zu ihr, wie sie, ohne dass ich hätte nachhaken müssen, von sich aus hinzufügte.

Doch was sollte das? Was sollte diese Frau denn geschafft haben? Vielleicht trügte der Schein? Vielleicht war sie totunglücklich?

Und auch hier wieder dieser merkwürdige, für mich merkwürdige, Hang zu Äußerlichkeiten.

Der sich auch darin ausdrückte, wie wichtig ihr Kleidungsfragen erschienen. Und es zeigte sich einmal mehr die für sie so typische Unsicherheit. Sie fragte sich, fragte mich, ob sie das passende Kleid gewählt habe, ob sie nicht overdressed erscheine, zog sich noch zweimal um, obwohl das gar nicht nötig gewesen wäre, und traf letztlich doch immer die richtige Entscheidung, sie hatte einen außergewöhnlich guten Geschmack.

Und dann war da noch, und nicht zuletzt, Pheline die Künstlerin.

Ich vertiefte mich in ihre Zeichnungen. Denn wie ich mir Dinge von der Seele schreibe, so, dachte ich, würde sie die ihr zu Gebote stehenden Mittel des Zeichnens und Malens verwenden. Insbesondere ihre Zeichnungen waren es, in denen dies meines Erachtens in besonderer Weise zum Ausdruck gelangte.

Häufig waren es kleine blonde Mädchen, die sie in den verschiedensten Situationen darstellte, und ich war mir sicher, dass sie sich, sich selbst darin abbildete, darin wiederspiegelte.

Da gab es zum Beispiel die Zeichnung eines Mädchens, das eine Leine um den Hals trug. Nichts sonst war zu sehen. Nur das Mädchen und die Leine. Dieses Bild musste eine große Bedeutung für sie haben, denn sie hatte es bei sich zuhause im Flur aufgehängt. Nur, wer sollte das sein? War sie es, die an der Leine hing? Wer war es, der die Leine hielt?

War es eine größere, eine mächtigere Pheline, die die kleine Pheline gebunden hielt? Oder war es jemand ganz anderes?

Eine andere Zeichnung: Da stand sie, dieses kleine blonde Mädchen. Mit Riesenpuschen an den Füßen stand sie vor einem großen geöffneten Kleiderschrank. Darin hingen Häute, oder was auch immer, es war nicht so genau auszumachen, ausgeweidete Kadaver. Und dieses zufriedene Lächeln in ihrem Gesicht. Was war das? Betrachtete sie die von ihr erlegten Opfer? Gehörte ich nun auch dazu? Sicherlich.

Und erneut, und schon wieder das kleine Mädchen, diesmal auf einer Kanonenkugel reitend. Fräulein Münchhausen. Und dieses Lächeln. Dieses grauenhafte Lächeln. Ich nannte sie die Zerstörerin. Gefühllos und gefühlskalt.

Denn das war sie. Nicht ihre Mutter, die sie so geschildert hatte, war die Gefühlskalte, sie war es, sie selbst. Sie war diejenige, die vor Gefühlen zurückschreckte, die keine Gefühle an sich heran ließ, die Schwierigkeiten hatte Gefühle aufzubauen, der es, wie ich fürchtete, gänzlich unmöglich war Gefühle zu empfinden, weder für sich noch gegenüber anderen Menschen.

Sicherlich, überlegte ich mir, wird es nicht immer so gewesen sein, sie wird es verloren haben, irgendwann, irgendwie, unterwegs, und das empfand ich als schrecklich und grauenhaft.

Sie wird, ausgelöst durch ein Ereignis, ein traumatisches Liebeserleben, begonnen haben ihre Gefühle zu unterdrücken, mehr und mehr, bis sie ihr gänzlich abgestorben waren.

Ich empfand eine unendliche Trauer.

Und ich fürchte um sie.

Sie muss darüber sprechen. Sie muss sich befreien von dieser Leine um ihren Hals.

Ich wünsche es ihr. So sehr.

Du

Ich weiß

die Liebe

zerreißt mir das Herz

wie ein kleiner

bunter Vogel ist sie

in allen Regenbogenfarben

schillernd, pochend

so hübsch anzuschauen

sitzt mir auf der Brust

und zerstückelt mein Herz

Ich erwache

ich lebe

ich suche Trost

doch da bist nur du

und du sagst

kein Wort

Da ist kein Wort

in das ich ich mich flüchten könnte

da ist ein großer Schatten

der bewegt sich nicht

der starrt mich an

Du

Du

für immer Du

Die Erinnerung

lässt mich nicht los

wie ich auch ziehe

um von ihr loszukommen

sie hat

tausend kleine Arme

und Hände

und Finger

und sie hat mich

Du aber

bist diese Erinnerung

warum sollte ich mich fürchten

Ich fürchte mich nicht

Da ist eine Kerze

die gibt ein freundliches Licht

Da ist eine Herbstwolke

die über den Himmel eilt

schnell

immer schneller

zu schnell

Da ist so vieles

da ist alles

in dir

da bist

du

Da ist so vieles

von dir

alles

Der kleine bunte Vogel

sitzt mir zur Seite

er weiß

wann seine Stunde geschlagen hat

oder schlägt

ist

wenn ich

durch diese Straßen gehe

von neuem

Und ich sehe dich

in einer Streichholzschachtel

Nein

Ich sehe dich

im welken Blatt einer Kastanie

dort

Es ist Oktober

und ich werfe mich in den Wind

Es wird November

und ich stürze mich in den Sturm

Nein

ich will nicht untergehen

ich will es spüren

Der kleine bunte Vogel

ist längst fortgeflogen

Dem Leben entgegen

Ich bleibe

wo das Leben ist

Ich bin in mir

ein müder Gelbrandkäfer

dessen Herbst

gekommen ist

Herbst

Habe ich dir schon gesagt

dass es gut ist?

Dass es gut ist

so wie es ist

es könnte nicht schöner sein

ich spüre mich

ich weiß mich

und ich ahne dich

irgendwo

In einem Manga

möglicherweise

Ich denke

mich

dich

Und der Himmel jubiliert

ich habe niemals

den Himmel jubilieren sehen

Er kann es

Es gibt eine neue Stimme

die sagt: Ja

nicht laut

nicht leise

vorläufig

hat sie es geflüstert

Aber ich habe es verstanden

ich wünschte

du könntest es auch verstehen

es ist ganz einfach

Sie sagt, dass

man nicht vergessen soll

ich werde dich nicht vergessen

und ich bitte dich

zu verzeihen

sie sagt, dass man

verzeihen kann

Das ist nicht einfach

es wird nicht einfach werden

ich bin

du bist

das ist nicht eins

das sind zwei

das ist zu akzeptieren

Das ist wichtig

Sehr

Darauf kommt es an

So

kehre ich zur Erinnerung zurück

die

wenn auch zaghaft

zu lächeln beginnt

So

mag sie bestehen bleiben

zaghaft

es gefällt mir so

Du!?

Ja?

Ich danke dir!

Gelb

Entgegen allen bisherigen Annahmen

basiert die Entstehung der Welt

auf der Farbe Gelb

Ich nehme dein Kopfschütteln
billigend in Kauf

und kaufe mir dafür:

den neuen Gedichtband von Michel Houellebecq,
das Buch mit den Zeichnungen Leonardos (auf das
ich schon länger ein Auge geworfen hatte), sowie
ein weiteres, welches, das wird sich morgen in der
Buchhandlung im Affekt entscheiden

Ich bin bescheiden

Es hat mir jemand / nein: Sie

hat mir vorgeworfen ich sei maßlos

                                       … in Dingen

was auch immer sie

damit meinte

Maßlos

bin ich nur in der Liebe

und in der Kunst

Maßlos bin ich weder

        … in Dingen

noch mit Geld

(dem Ausgeben von Geld)

worauf sie vermutlich anspielte

Ich bin ein sehr bescheidener

um nicht zu sagen = maßvoller

     Mensch

Ich kaufe mir nur Bücher

sofern ich sie mir leisten kann

oder wenn ein anderer sie mir kauft

wie vorhin

(Haarspalterei)

Das alles hat mit der Farbe Gelb

zu tun

angefangen hat es damit

Jemand ist zu maßlos

damit umgegangen

Sonst wäre die Welt nicht entstanden

Da sie nun einmal im Entstehen

begriffen ist

(sie ist immer noch im Entstehen

begriffen)

dürfen wir noch einige Farbtöpfe mehr

eröffnen

uns

damit ausstatten

die Gelegenheit ergreifen

die Wunder der Farbe

´leisten oder was durch sie gewirkt wird und was auf sie wirkt´

(Philipp Otto Runge)

aus welchem Stoff auch immer

Dieses Geheimnis werde ich euch /

dir / mir

zu gegebener Zeit mitteilen

Ich habe eindeutig zu viel

Schokolade gegessen

Chansons d´Amour

Die Liebe

Es ist die Liebe

sie tut weh

es ist die Liebe

der Schmerz aller Schmerzen

es ist die Liebe

mit offenen Augen

es ist die Liebe

am Ende des Sommers

es ist die Liebe

ein Garten am Meer

es ist die Liebe

Sehnsucht nach dir

es ist die Liebe

ein Kuss

es ist die Liebe

alles und nachher

es ist die Liebe

niemals mehr

es ist die Liebe

Wärme auf meiner Haut

es ist die Liebe

dieses Lied von dir

es ist die Liebe

ich bewahre es für dich

es ist die Liebe

ein verregneter Tag

es ist die Liebe

eine weiße Feder

es ist die Liebe

eine Bewegung im Baum

es ist die Liebe

ein zärtliches Wispern

es ist die Liebe

ein Hauch von dir

es ist die Liebe

dieser Schmerz in mir

es ist die Liebe

einmal mehr

es ist die Liebe

und sie ist schön

Niemals gib auf

Das geht nicht

dass man aufhört

einfach so

dass man aufhört zu hoffen

und zu glauben

an sich

an die Liebe

an das Leben

selbst in der schwärzesten Nacht noch

sehe ich dich

verborgen hinter dem Vorhang

oder drunten, auf der Straße

unter der Laterne

du hast dein ganz besonderes Licht

und ich spüre dich

und ich sehe dich

wie schwarz die Nacht auch ist

nein

das geht so nicht

dass du dich aufgibst

einfach so

nur weil die Liebe nicht kommen mag

wie auf Schwanenflügeln

der Prinz sich nicht zu erkennen gibt

glaube mir

er ist da irgendwo

selbst in der schwärzesten Nacht

kannst du ihn finden

suche nur

vielleicht ist er hinter jenem Vorhang

verborgen

vielleicht

steht er da unter der Laterne

und wartet auf dich

Regen

Einen verregneten Tag im Bett mit dir
weißt du, einen solche Tag, an dem
der Regen sich so richtig eingenistet hat
in der Landschaft, einen solchen Tag
mit dir, wir, eng ineinander verschlungen
während der Regen uns, prasselnden
Rhythmus vorgebend, dir und mir, Liebe
im Rhythmus des Regens, der uns einlullt
umhüllt, wie er die Landschaft, und die
Bäume sind ganz still und auch wir
werden ganz still und schauen uns verwundert
in die Augen, doch dann verschlingen wir
uns wieder ineinander, denn was sollen
wir tun, wo der Regen nun, brausend in
wildem Stakkato und die Fensterscheiben, wie
wenn wir unter Wasser ständen, lieben wir uns
als ob die Welt unterginge in den nächsten

zehn Minuten, und wenn es noch zehn Stunden dauerte, wir würden nun nicht mehr voneinander lassen, wir gehören zum Regen

Du

Du bist so schön, dass ich gar nicht weiß
ob du wahr bist, du bist so schön, dass
es mir jedes Mal einen Stoß ins Herz gibt
und ich fürchte mich vor dir, manchmal wage
ich es gar nicht mehr dich anzublicken, ich
senke den Blick vor dir, ich würde versteinern
denke ich, wenn ich ihn jetzt höbe, so schön
bist du und so fürchterlich …

Aber nein, ich habe eine Fotografie von dir
die betaste ich von morgens bis abends
sie ist schon ganz abgegriffen von meinen
anbetenden Händen, ich streichele deine Knie
ich liebkose dein Haar, so, denke ich
werde ich zurückfinden zu dir, es gibt mir
Mut und Zuversicht, dein Mund wird warm sein
und deine Zunge spitz und flink und erfinderisch

so, stelle ich mir vor, dass es sein wird

und ich fürchte mich nicht …

Loslassen

Weißt du, wir sollten einfach öfters loslassen
den Fuß vom Bremspedal nehmen
und losbrausen
bis dorthin, wo der Wind gebraut wird
und den lassen wir uns übers Gesicht
und durch die Haare wehen
und dann erzählen wir uns jeder eine Geschichte
was uns gerade so einfällt
und es wird großartig werden, ich weiß es
und wir werden lachen
und uns mit Pusteblumen bepusten
und im Gras wälzen und küssen
wir werden nach oben in den Himmel
zu den Wolken schauen und uns
darüber streiten in welcher Form sie
über unsere Köpfe ziehen, das war
ein Bär, ein richtiger Brummbär war

das, wirst du sagen, aber ich
werde darauf beharren, dass es ein
Mann mit Schlapphut gewesen sei
und wir werden uns im Gras wälzen und
balgen und küssen, und dann werden wir uns
die Halme abzupfen und einem Heupferdchen
das sich verirrte, den Weg zurück in die
Freiheit weisen, Hand in Hand werden wir
heimwärts schlendern, wir werden
lustige Melodien pfeifen oder uns
in Liedanfängen versuchen, die wir
nicht zu Ende bringen, aber dann erfinden
wir sie neu, und dann wird es auch noch
regnen zu allem Überfluss, klatschnass
werden wir und ich nehme dich in die Arme
und ich spüre ein leichtes Zittern in dir
doch schon geht ein Regenbogen über uns auf
die Sonne kommt wieder heraus und
wärmt, der Wind bläst uns trocken
guter Wind, wir danken dir, und wenn

wir uns wiedersehen, beim nächsten Mal

dann erzählen wir dir, was wir heute Abend

noch alles anstellen werden, aber

du darfst uns nicht rot werden dabei

versprochen, ja?

Kein Zurück

In deinen Augen leuchtet

der Tag, glitzert die Nacht

in deinen Augen türmen sich

Eisberge auf, deine Augen

lassen sie schmelzen

mit deinem Blick

nimmst du mich gefangen

meine Augen

sind in deinen Augen gebunden

ich bin dein

ich kann mir nicht helfen

es gibt kein Zurück

ohne dass du mich entlässt

aus der Gefangenschaft

doch solltest du mir die Freiheit

schenken, solltest du mich

zurückschicken, dorthin

wo du nicht bist

solltest du diese Grausamkeit besitzen

ich wäre verloren

ich bin verloren ohne dich

Meine Welt

Meine Welt ist ziemlich überschaubar geworden
in letzter Zeit, meine Welt
dreht sich nur noch um dich
meine Welt ist ziemlich einsehbar geworden
in letzter Zeit, meine Welt
dreht sich nur noch um die Frage
ob du dich wirst küssen lassen von mir
wenn wir uns wiedersehen …
meine Freunde stöhnen über den Zustand der Welt
oh ja, der Zustand der Welt ist wirklich kritisch
wirst du, oder wirst du nicht, werde ich
dich in die Arme nehmen dürfen, wirst du
es mir gestatten, wirst du dich an mich schmiegen
oder dich mir entziehen …
oh, mit der Welt steht es auf Messers Schneide
wirst du mir ein Lächeln schenken
wenn mein Mund sich deinem nähert

werde ich ein Ja! in deinen Augen lesen …
oh, diese Welt ist eine Qual, um diese Welt
ist es wahrlich schlimm bestellt
seit Tagen hast du dich nicht bei mir
gemeldet, ich weiß gar nicht, ob ich jemals
wieder deine Nähe werde spüren können
oh, mein Gott, ganz zu schweigen von diesem Kuss
diesem alles entscheidenden Kuss, in
unerreichbare Ferne ist er gerückt, ich
gehe unter mit dieser Welt, diese Welt und ich, wir
stehen am Abgrund und warten auf Erlösung …

Finster

Meine Nacht braucht nicht finster zu sein
finsterer könnte sie nicht sein
Noir ist gar kein Ausdruck dafür
Noche triste, the darkest night
ohne ein Wort von dir, ohne
eine Geste des: ich bin da
du bist nicht da, du bist
irgendwo
nur nicht hier
nur nicht bei mir
diese Nacht braucht nicht finster zu sein
finsterer könnte sie nicht sein
blinzelnd schaue ich dem Untergang
ins Auge, taumele dem Ungeheuer
in den Rachen, ergebe mich
dem Schicksal und dem Suff
irgendwo

ist das Ende

irgendwo ganz nah

bei mir

ohne dich

Ich liebe dich

Ich liebe dich
und wenn mein Herz auch bricht
ich liebe dich
das ist ganz einfach so gesagt
ich liebe dich
das sind drei einfache Worte
und wiegen doch so schwer
wie eine Eisenkette
für mich, für mich
ich liebe dich
ich liebe dich so sehr

Ich liebe dich
mein ganzer Körper scheint
zu beben, zu vibrieren
weil ich so ganz in dir
versunken bin

ich liebe dich

brennt wie ein Feuer

das nie mehr zu erlöschen ist

es sei denn, dass du mich

erhörst, doch du erhörst

mich nicht, und ich muss

brennen, brennen …

Ich liebe dich

das drückt mich nieder

und das schwebt

und ich dazwischen

ich liebe dich

mir ist so elend wie noch nie

mir ist, als müsste ich ersticken

in deiner Nähe bin ich wie

ein Narr, ein Tollpatsch und

ein dummes Kind

ich stammele, ich rede Unsinn

wirres Zeug, ich bin nicht mehr

ich selbst

ich liebe dich

und das heißt – ja!

ich akzeptiere mich als

Narren, als Idioten, und all die

Schmerzen, die nun um mich

über mich gekommen sind

ich liebe dich

ich liebe dich

ich liebe dich so sehr

Fräulein Schein

Du bist das Fräulein Schein
Schein ist für dich Sein
dabei bist du nicht dumm
ich lach mich schief und krumm

Warum erkennst du das nicht
warum siehst du es nicht
ich weiß, dass du darüber
nachgedacht hast, ich habe
es in deinen Augen gesehen
warum siehst Du es nicht
warum triffst du Verabredungen
wenn du mit mir die Nacht
durchtanzen könntest
deine Verabredungen sind so hohl
und taub, oh Fräulein Tausendschön
Sein, Schein, du verlierst dich

hörst du, du verlierst dich

in Nichtigkeiten, in Nichts

verschenkst du dich

und ich weine um dich

denn du bist allein

und es macht dich allein

es macht dich noch mehr alleine

als allein

mein Fräulein Schein

du bist doch nicht dumm

doch du hörst mir nicht zu

weder mir noch deinem Herzen

hörst du, hör doch mal zu

hör doch mal nach deinem Herzen

Fräulein Schein

ich bin

siehst du mich nicht

hier, hier bin ich

ich bin

doch du siehst mich nicht

du übersiehst mich

und das finde ich nicht zum Lachen

Fräulein Schein

spring über deinen Schatten

schau, ich mach es dir vor

siehst du, wenn du es einmal

getan hast, dann wird es dir

immer wieder gelingen, oh Fräulein

Schein, wenn du doch nur einmal

einmal nur … nein, nein

ich finde es nicht zum Lachen

Fräulein Schein

oh Himmel, Fräulein Schein, nein

du schaffst es nicht

du wirst es nicht schaffen

und ich muss weinen

ich weine um dich

Fräulein Schein

hörst du mich

ich weine um dich

Ich werde leise verbluten

Ich habe dich aus meinem Herzen
gerissen
und nun blutet es
genau wie es blutete
als du darinnen saßt
und an ihm nagtest
es macht keinen Unterschied
ich werde leise verbluten
mit dir
ohne dich

Das schwarze Schaf

Du bist das schwarze Schaf in der Herde
du verstehst es Wermut zu zupfen
und den anderen unterzuschieben
da bist du geschickt
doch sehe ich dich
ich sehe dir zu dabei
ich sehe dir in die Karten
ganz kühl machst du das
kühn auch, durchaus
du denkst, es würde dich
niemand durchschauen, doch
alle durchschauen dich, nur
du bemerkst es nicht in
deinem Wahn
treibst weiter dein Spiel
das dich – wohin? führen soll
das frage dich

Tanzen

Meine Erinnerung ist das Jetzt
und das Jetzt wird Erinnerung
sein wenn Vorgestern Vorvorgestern
in den Arm genommen hat
und ich mit dir, Wange an Wange
in den Himmel tanze, tanzte
getanzt habe, getanzt hatte, vielleicht
werden wir erst tanzen
morgen oder übermorgen in
Puerto Vallarta
oder sonstwo, wo man sich in
den Armen der Welt wiederfindet
das stört uns nicht, denn längst
schon treiben wir in unseren
Erinnerungen auf einem Floß
durch die Wüste
vollständig versunken in uns

in unserer Nussschale, in
unserem Tanz, der
ein Tanz ist der Liebe und
der Zusage und der Zugabe
und der Zuneigung und der Zueignung
ach, lass uns tanzen, meine Liebe
mein Leben, tanzen wollen wir
mit den Sternen durch die Nacht
in einmaliger Erinnerung
und von mir aus können wir, könnten
wir alles, aber wirklich alles
die ganze Welt meinetwegen, einmal und
noch einmal in den Arm nehmen
und dann melden wir uns ab
nach Puerto Vallarta

Ich gehe diese Straßen

Die Sonne geht auf, geht unter.

Mit dir, ohne dich.

So gehe ich diese Straßen, die wir immer gingen.

Ich gehe sie von neuem. Ohne dich.

Ich folge dem Kopfsteinpflaster, ohne aufzuschauen.

Denn in jedem Schaufenster sehe ich dich.

Wenn ich den Blick erhebe, und ich erhebe den Blick,

dann sehe ich dich.

Ich kann es nicht verhindern. Und ich sehe dich.

In jedem Schaufenster sehe ich dich.

Du stehst neben mir, und gemeinsam blicken wir

in das Fenster. Und du lächelst. Und ich lächele zurück.

Und dann verschleiert es sich.

Deine Lippen, deine Augen, dein Haar, deine ganze Gestalt,

es ist, wie wenn du in Nebel vergehst.

Und ich stehe alleine. Ohne dich.

So gehe ich diese Straßen, die wir immer gingen.

Von neuem gehe ich sie. Ohne dich.

Ich sehe den Baum, worunter wir Abschied nahmen,

die Bank, auf der wir eng umschlungen saßen.

Und ich setze mich auf die Bank. Und ich warte auf dich.

Und kaue mir die Fingernägel blutig. Für dich.

Und mein Herz fängt an zu wummern.

Und die Sonne geht auf, und die Sonne geht unter.

Mit dir. Ohne dich.

Und ich gehe diese Straßen, die wir immer gingen.

Von neuem gehe ich sie. Ohne dich.

Und bleibe an der Bushaltestelle stehen,

an der wir standen, wie oft?

Wo ich dich erwartete, unzählige Male.

Doch der Bus biegt um die Ecke,

und ich fürchte, dass du darin sitzen könntest,

und ich flüchte in die kleine Gasse, die,

ich weiß, zu deiner Wohnung führt.

Hier möchte ich vergehen.

Dieser Stein, ja, dieser Stein des Kopfsteinpflasters

möchte ich werden, vielleicht, dass dein Fuß ihn streift,

wenn du nach Hause eilst, einmal nur noch,

nur einmal noch dieses Gefühl von dir.